Antologia poética

ANTOLOGIA
CRUZ E SOUSA
Antologia poética

Apresentação, organização,
notas e comentários
Ivone Daré Rabello

A ortografia deste texto encontra-se atualizada com o sistema ortográfico vigente, que foi estabelecido pelo decreto nº 6.586, de 2008. Os erros tipográficos evidentes foram corrigidos.

Esta edição possui os mesmos textos literários das edições anteriores.

Antologia poética
© Ivone Daré Rabello, 2005

gerente editorial Claudia Morales
editor Fabricio Waltrick
editora assistente Fabiane Zorn
diagramadora Thatiana Kalaes
coordenadora de revisão Ivany Picasso Batista
revisoras Alessandra Miranda de Sá e Cláudia Cantarin
projeto gráfico Fabricio Waltrick e Luiz Henrique Dominguez
imagem da capa *Aparelho cinecromático 2SE - 18*, obra de Abraham Palatnik
coordenadora de arte Soraia Scarpa
editoração eletrônica Ludo Design
tratamento de imagem Cesar Wolf e Fernanda Crevin
pesquisa iconográfica Miró Editorial, Ivan Teixeira, Sergio Kon

CIP-BRASIL. CATALOGAÇÃO NA FONTE
SINDICATO NACIONAL DOS EDITORES DE LIVROS, RJ

S714a
2.ed.

Sousa, Cruz e, 1861-1898
  Antologia poética / Cruz e Sousa. - 2.ed. - São Paulo : Ática,
2012.
  216p. - (Bom Livro)

  Inclui apêndice
  ISBN 978-85-08-15021-2

  1. Antologias (Poesia brasileira). I. Título. II. Série.

11-3847.   CDD: 869.91008
                               CDU: 821.134.3(81)-1(082)

ISBN 978 85 08 15021-2 (aluno)
ISBN 978 85 08 15022-9 (professor)
Código da obra CL 737908

2021
2ª edição
5ª impressão
Impressão e acabamento: Vox Gráfica

Todos os direitos reservados pela Editora Ática | 2003
Av. Otaviano Alves de Lima, 4400 | CEP 02909-900 | São Paulo | SP
Atendimento ao cliente: 4003-3061 | atendimento@atica.com.br
www.atica.com.br | www.atica.com.br/educacional

IMPORTANTE: Ao comprar um livro, você remunera e reconhece
o trabalho do autor e o de muitos outros profissionais envolvidos
na produção editorial e na comercialização das obras: editores,
revisores, diagramadores, ilustradores, gráficos, divulgadores,
distribuidores, livreiros, entre outros. Ajude-nos a combater a
cópia ilegal! Ela gera desemprego, prejudica a difusão da cultura
e encarece os livros que você compra.

Sumário

A voz de um rebelado 11

Critérios de organização desta antologia 43

I. Refúgio e tormento do Ideal
De Broquéis (1893)
  Antífona 49
  Comentário crítico 52
  Sonho Branco 55
  Sonhador 56
  Foederis Arca 57
  Post Mortem 58
  Comentário crítico 59
  Música Misteriosa 61
  Acrobata da Dor 62
  Comentário crítico 63
  Tortura Eterna 65

De *Faróis* (1900)
  Visão 66
  Canção Negra 67

De *Últimos sonetos* (1905)
  Supremo Verbo 70
  O Soneto 71
  O Assinalado 72

Visionários 73
Demônios 74
Ódio Sagrado 75
Cavador do Infinito 76
Clamor Supremo 77

II. Desejo e aniquilação
De Broquéis (1893)
Lésbia 81
Lubricidade 82
  Comentário crítico 83
Carnal e Místico 85
Encarnação 86
Afra 87
  Comentário crítico 88
Dança do Ventre 90
Serpente de Cabelos 91

De Faróis (1900)
Monja Negra 92
  Comentário crítico 96
Inexorável 98
Ressurreição 100
Cabelos (I) 104
Olhos (II) 105
Boca (III) 106
Seios (IV) 107
Mãos (V) 108
Pés (VI) 109
Corpo (VII) 110
  Comentário crítico 111
A Ironia dos Vermes 112
Flor Perigosa 115

De Últimos sonetos (1905)
Madona da Tristeza 117
Ironia de Lágrimas 118
Domus Aurea 119
Evocação 120

A Morte 121
Êxtase Búdico 122

III. Mundos sem redenção
De Faróis (1900)
Pressago 125
  Comentário crítico 128

De Broquéis (1893)
Múmia 130
Cristo de Bronze 131
Clamando... 132
A Dor 133
Satã 134
Rebelado 135

De Faróis (1900)
Canção do Bêbado 136
As Estrelas 138
Pandemonium 139
Flores da Lua 144
Tédio 145
  Comentário crítico 150
Caveira 151
Réquiem do Sol 152
Esquecimento 153
Violões que Choram... 159
Olhos do Sonho 165
Música da Morte 167
Requiem 168
Litania dos Pobres 170
Os Monges 175
Tristeza do Infinito 179
Luar de Lágrimas 181
  Comentário crítico 190
Ébrios e Cegos 192

De Últimos sonetos (1905)
Alucinação 196

Vida Obscura 197
Cogitação 198
Quando Será?! 199
Cárcere das Almas 200
Perante a Morte 201
O Grande Sonho 202
Condenação Fatal 203
 Comentário crítico 204
Exortação 205
No Seio da Terra 206
Aspiração Suprema 207
Sexta-Feira Santa 208
Sentimento Esquisito 209

Indicações de leitura 211
Resumo biográfico 215
Obra da capa 223

A VOZ DE UM REBELADO

Ivone Daré Rabello
Professora aposentada de Teoria Literária e Literatura Comparada da Faculdade da Universidade de São Paulo (USP). Ganhadora do Prêmio Nacional Cruz e Sousa de Literatura 1997/1998.

Um retrato do poeta

Quando pensamos em João da Cruz e Sousa (1861--1898), quase sempre nos vêm à memória alguns de seus mais famosos versos, em que os sons dos violões ecoam em surdina acompanhando o movimento dos ventos. A dificuldade para compreender o significado das imagens não impede o encantamento pelos sons que se repetem obstinadamente:

> Vozes veladas, veludosas vozes,
> Volúpias dos violões, vozes veladas,
> Vagam nos velhos vórtices velozes
> Dos ventos, vivas, vãs, vulcanizadas.

("Violões que Choram...", de *Faróis*)

Além da lembrança de mais um ou outro verso, o nome de Cruz e Sousa associa-se ao movimento simbolista no Brasil, cujos representantes, à exceção dele e de Alphonsus de Guimaraens (1870-1921), caíram em esquecimento. Mesmo quando é lembrado como o inaugurador e o poeta mais significativo do simbolismo brasileiro, o reconhecimento vem acompanhado de ressalvas: sua poética seria equivocada em relação ao momento brasileiro, quando se exigia uma literatura que exaltasse a realidade local. Ou, o que é ainda mais comum, João da Cruz permanece em nossa recordação como o poeta negro que, sem conquistar reconhecimento em vida, alcançou-o apenas depois

Na página oposta, o poeta Cruz e Sousa em conhecida foto da maturidade.

de morto. Quase cinquenta anos depois de 1898, ano da morte de Cruz e Sousa, Manuel Bandeira[1] dedicou-lhe um pequeno texto em sua *Apresentação da poesia brasileira* (1946), que pintava, com tintas fortes, um retrato do poeta tal como ele se consagrara para a nossa história literária:

> Dos sofrimentos físicos e morais de sua vida, do seu penoso esforço de ascensão na escala social, do seu sonho místico de uma arte que seria "eucarística espiritualização", do fundo indômito do seu ser de "emparedado" dentro da raça desprezada tirou Cruz e Sousa os acentos patéticos que, a despeito de suas deficiências de artista, garantem a perpetuidade de sua obra na literatura brasileira. Não há nesta gritos mais dilacerantes, suspiros mais profundos do que os seus.

A permanência da obra, como se vê, se justificaria como testemunho do sofrimento de um poeta cuja qualidade artística, porém, põe-se em dúvida. A fatalidade e as atribulações de sua vida parecem importar mais do que a arte que produziu. Negro e pobre, negro e talentoso, negro e rebelde — dessas conjunções, indireta ou ostensivamente mencionadas, nasceria a obra marcada pela dor. Ela mereceria a comoção daqueles que leem em seus versos um documento da recusa à segregação social (por meio da defesa da "Arte Pura") e, ao mesmo tempo, limitam seu alcance às "deficiências do artista".

De alguma maneira, Manuel Bandeira repetia o que a crítica a respeito do poeta já havia consagrado desde finais do século XIX. Reconhecido a partir do início do século XX, incluído nas histórias literárias e principais antologias da poesia brasileira, Cruz e Sousa teve sua consagração favorecida e perturbada pela consideração sobre os sofrimentos que marcaram sua vida. A obra ficava em segundo plano mesmo entre os amigos do poeta, como Nestor Vítor, responsável pela edição de seus livros. E, se o desvio do tratamento direto do texto não é de todo incomum, no caso de

---

1 Manuel Bandeira (1886-1968) foi importante poeta brasileiro. Influenciado pelo simbolismo, acabou associado à primeira geração modernista, embora nunca tenha participado da Semana de 22. Entre suas principais obras estão: *Libertinagem* e *Estrela da manhã*. (N.E.)

A Confeitaria Colombo, no Rio de Janeiro, fundada em 1894, foi palco do encontro de intelectuais realistas, parnasianos e simbolistas. Cruz e Sousa e seus companheiros a frequentavam e, dizem, hostilizavam seus inimigos de letras.

Cruz e Sousa prejudica ainda mais a avaliação da obra, pois sua poética afasta-se das referências diretas à experiência vivida e expressa espaços transcendentes, ideais.

A obra do poeta só recebeu leitura mais detida quando o francês Roger Bastide[2] interessou-se pela poesia afro-brasileira. Em seu ensaio "Quatro estudos sobre Cruz e Sousa" (1943), pela primeira vez na crítica sobre o poeta priorizava-se a leitura de seus versos e buscava-se compreender o movimento que o levara a adotar como sua a estética simbolista, caracteristicamente europeia e branca. Para Bastide, a adoção dos princípios do simbolismo pelo "descendente de africanos" se explicaria pelo desejo do poeta de ultrapassar a linha que o separava da sociedade dominante: "[...] Cruz e Sousa sentia nitidamente que a arte era um meio de abolir a fronteira que a sociedade colocava entre os filhos de escravos africanos e os filhos de brancos livres".

Mais importante que a adoção da poética simbolista, porém, seria a originalidade com que Cruz e Sousa construiria

---

2 Roger Bastide (1898-1974) foi professor da cátedra de Sociologia da Universidade de São Paulo (USP), tendo estendido posteriormente suas investigações às áreas de psicologia, filosofia e literatura, entre outras. (N.E.)

um peculiar simbolismo ao longo de sua produção. Para Bastide, tratava-se de investigar não apenas as "imagens do branco", muito presentes em Missal (poemas em prosa) e Broquéis (poemas), os dois primeiros livros do autor, mas também a transformação que ocorreria na obra posterior: a "poesia da noite", especialmente no "tema da noite africana", a poesia do "sonho" e a obsessão pela imagem dos "olhos" — presentes em Faróis (poemas), Evocações (poemas em prosa) e Últimos sonetos (poemas). Ela tornaria Cruz e Sousa um poeta à altura dos grandes nomes europeus do movimento simbolista.

Apesar da análise de Roger Bastide, porém, quase nada mudou no cenário da crítica brasileira até muito recentemente; reconhecia-se o valor do poeta sem se deter no conhecimento e na interpretação do que ele produzira.

A obra de Cruz e Sousa ainda é uma das feridas que doem em nossa cultura. Para compreendê-la e tratá-la com a dignidade que merece, é preciso conhecê-la e dar-se conta de sua atualidade, mesmo se forem muitos os obstáculos ao entendimento imediato de seus versos e mesmo que nela haja muitas irregularidades, com belos poemas convivendo ao lado de outros, mal realizados.

Se nenhuma poesia se deixa apreender ao primeiro olhar, as dificuldades nos poemas de Cruz e Sousa têm sinais característicos que afugentam o leitor contemporâneo: o vocabulário obscuro, a difícil sintaxe, as imagens pouco usuais, a rarefação de conteúdos diretamente identificáveis. Enfrentá-los, porém, permite compor outro retrato do poeta e descobrir a subjetividade lírica que respondeu com grandeza estética às injustiças de seu tempo histórico e desafiou os códigos estéticos dominantes. A voz do rebelado gravou as contradições históricas que se buscavam esconder.

A moldura histórica e artística

Em finais do século XIX, os critérios nacionalistas eram ainda decisivos para a avaliação das obras. A questão remonta ao romantismo, a partir de meados dos anos 1830.

Abandonando a paisagem europeia em favor da natureza brasileira, buscando nossos tipos característicos, documentando literariamente nossos costumes e a pluralidade dos "Brasis" e de nossas origens, havia a certeza romântica de que a nação, há pouco tempo independente de Portugal (1822), estava à altura de criar sua própria vida cultural moderna. Mesmo que fosse preciso importar gêneros, temas e técnicas artísticas europeias, esses instrumentos serviam à expressão de certo modo de olhar a sociedade brasileira, ao mesmo tempo que sintonizavam a cultura nacional com a europeia. Era preciso, como dissera Gonçalves de Magalhães em 1836, que o Brasil deixasse de tomar por um rouxinol "o sabiá que gorjeia entre os galhos da laranjeira"[3].

Em caricatura de Ângelo Agostini para a *Revista Ilustrada* (1884), vemos escravos e escravas em serviços urbanos: aqui, buscando água em reservatórios públicos para abastecer as casas de seus senhores.

Entre 1836 e o final do século XIX, a cultura brasileira se consolidava, acompanhando o processo de formação da nação. As mudanças do estatuto político, da Independência (1822) à República (1889), tornavam urgentes também as tarefas da vida cultural — do ângulo, porém, das

---

[3] De: "Ensaio sobre a história da literatura no Brasil", publicado na revista *Niterói*, editada em Paris por um grupo de brasileiros. Citado por: BANDEIRA, Manuel. *Apresentação da poesia brasileira*. 3ª ed. atualizada. Rio de Janeiro: Casa do Estudante do Brasil, 1957, p. 44.

classes dirigentes e com a ajuda dos artistas a ela próximos em suas opções ideológicas. O Brasil se modernizava e se integrava ao conjunto das nações europeias de uma forma peculiar: contribuía para o desenvolvimento da ordem mundial por via da mão de obra escrava, até 1888. A esse desconcerto real correspondia um discurso de fachada moderna. Falava-se em liberdade, igualdade, fraternidade, e se praticava a exploração brutal da mercadoria humana.

Moderna e conservadora

Conservadora, a modernização empreendida ao longo do século XIX não se deu sem consequências decisivas. Se o mundo do trabalho era fundamentalmente dominado pela mão de obra escrava, o trabalho livre pouco se desenvolvia, mantendo-se à sombra do poder, inclusive nas atividades culturais. Os mecanismos da vida social giravam em torno das relações patriarcais de favorecimento, que submetiam o homem livre pobre aos ricos proprietários.

Na vida intelectual, o Brasil se atualizava sob influência europeia, e o resultado era a apresentação da imagem de um país que não correspondia exatamente à nossa dinâmica. Mesmo assim, a realidade nacional entrava pelas frestas da representação artística, e, a olhos mais atentos, as contradições e os antagonismos se punham à mostra. Em meados de 1860, num momento decisivo para a temática social na poesia lírica, puseram-se em cena a luta abolicionista e a defesa do pensamento europeu, com a propagação das Luzes e do saber para todos.

Na geração de 1870, a defesa de uma nova poesia agitou os meios literários. Avessa ao sentimentalismo romântico, a Ideia Nova trava verdadeira batalha em defesa de uma poesia realista com temática social, conclamando à luta pelas ideias liberais e progressistas bem como pela Abolição. Mas quase nada traz de novo para a qualidade artística dos versos, que apenas repetem o estilo de Castro Alves (1847-1871) e de seu inspirador, o poeta francês Victor Hugo (1802-1885).

Também começa a se fazer sentir, em alguns círculos, certa influência da poesia de Charles Baudelaire (1821-1867), cujo livro *As flores do mal* (1857) havia chocado leitores e críticos, principalmente pelos temas sexuais considerados escandalosos, como os poemas de elogio às lésbicas. Lido no Brasil, Baudelaire encanta jovens poetas como Fontoura Xavier, Carvalho Júnior, Teófilo Dias. Mas o que os atraía não era o culto baudelairiano ao Ideal e ao Tédio (*spleen*), relacionado ao não lugar da arte num mundo dominado pelas mercadorias, tampouco os ataques à ideologia burguesa, como se pode ler em "Abel e Caim". Identificavam-se, antes, com o tratamento realista da temática amorosa, sobretudo por seu potencial rebelde no contexto do moralismo de superfície do Brasil imperial.

O fato é que a geração de 1870 trouxe também novas ideias científicas e filosóficas ao Brasil. A grande influência da ciência e das filosofias materialistas europeias impulsionava a crítica ao idealismo e às filosofias espiritualistas do romantismo. A "Escola do Recife" divulgava as teorias materialistas de Haeckel, o determinismo de Taine, os princípios filosóficos do positivismo de Comte e as descobertas do evolucionismo de Darwin. Advogando o determinismo — para o qual o grau de desenvolvimento da civilização estava condicionado pela raça, pelo ambiente (geográfico) e pelo meio (social) —, parte expressiva da intelectualidade brasileira continuava a olhar o país através das lentes ideológicas europeias, mesmo que isso criasse verdadeiro contrassenso: para a ideologia determinista, os negros eram intelectualmente inferiores e sua aptidão limitava-se aos trabalhos braçais. Ao adotá-la, a elite brasileira colocava o país das mestiçagens em desvantagem.

O modo pelo qual o naturalismo se aclimatou por aqui nos dá a medida de como se criavam novas formas de acobertamento da realidade social, agora justificadas pela "ciência". O negro — tal como aparece em certas páginas de romances naturalistas — inclinava-se à luxúria e era pouco dedicado ao trabalho, à disciplina e ao desenvolvimento intelectual, características, estas, da "raça" branca.

Outras configurações ideológicas e poéticas

A poesia que desde o decênio de 1880 caiu no gosto do público não queria misturar-se com nada disso, porém. Vitorioso na reação contra o romantismo, o parnasianismo de Alberto de Oliveira, Olavo Bilac e Raimundo Correia cultuava o rigor da forma, o preciosismo do vocabulário, a sintaxe considerada requintada por sua dificuldade, a correção gramatical beirando o pedantismo, as imagens plásticas de forte efeito sensorial — e a total irrelevância dos temas. A origem francesa do movimento — cujos nomes mais celebrados eram os de Leconte de Lisle (1818-1894) e Théophile Gautier (1811-1872) — garantia, entre nós, a aceitação incondicional dessa poesia.

Além disso, crítica e público exigiam da produção artística a consolidação de nossa nacionalidade artística, em tom comedido, decoroso, adequado à imagem do Brasil que se queria fixar. Mas outras configurações iam se apresentando àqueles que, desiludidos com as promessas europeias de igualdade, rebeldes à ideologia do progresso, lutavam contra a arte e o gosto dominantes. Desde o final de 1880, surgia a reação simbolista no Brasil, que, afastando-se do gosto pela "cor local", recusava a linguagem referencial e propunha uma arte de sugestão, a diluição da poesia em música, da palavra em alusão, da significação unívoca em ambiguidade e polissemia, a tradução verbal do que é transcendente e inefável.

Um rosto: João da Cruz

Filho de Carolina, alforriada, e do escravo Guilherme, João da Cruz nasceu em 24 de novembro de 1861, em Nossa Senhora do Desterro, hoje Florianópolis (Santa Catarina). Com a

Foto de João da Cruz. Na adolescência, o jovem poeta, que recebeu o nome do santo do dia, adotou o sobrenome de seu protetor, marechal Xavier de Sousa.

mãe e o pai logo aprendeu que a vida do negro ficava presa às pressões e imposições da sociedade escravista. O trabalho braçal não rimava com a cor branca da pele.

Vivia, porém, muito próximo do solar dos brancos poderosos na pequena cidade de província. O coronel Guilherme Xavier de Sousa e sua esposa, d. Clarinda Fagundes de Sousa, não tinham filhos e desde cedo se dedicaram à tarefa de educar o pequeno garoto negro segundo normas, preceitos e instrumentos da cultura branca.

É provavelmente aos poucos que João da Cruz começa a ser conhecido como João da Cruz e Sousa, anexando a seu nome de batismo o sobrenome daqueles que antes eram os donos de seus pais escravos e que agora se responsabilizavam como seus "pais brancos". Embora o fato em si não fosse de todo incomum no Brasil da época, o destino do menino tinha algo de excepcional: não por ter sido cria preferida da casa, mas por responder de modo surpreendente a alguns dos favores que lhe eram feitos. Em 1869, seu nome começa a ficar conhecido, pois recita poemas de sua autoria em salões, concertos e sociedades teatrais na província acanhada. Tem apenas 8 anos de idade.

Largo da Ajuda e Seminário de São José na virada do século XX. O poeta e seus companheiros acompanharam a modernização do Rio de Janeiro, que começava pelo centro da cidade. (Atual avenida Rio Branco.)

Construir a vida e lutar pelos sonhos

Aos 9 anos, a sorte trouxe mais reveses a João da Cruz. Com a morte de Guilherme de Sousa, ele tinha de construir a própria vida, sem contar com a proteção do solar. Tendo herdado uma pequena casa, a família negra, para manter-se, precisa vender sua força de trabalho: a mãe como lavadeira; o pai, pedreiro. Em poucos anos, o jovem talentoso se dá conta de que terá de lutar para realizar seus sonhos. Acreditava que o domínio da cultura letrada e a transformação do regime escravista lhe garantiriam condições para viver do trabalho intelectual. Pouco parecia compreender que, entre ideias e condições objetivas, havia imensos antagonismos.

Apesar das dificuldades, de 1871 a 1875 João da Cruz estuda no Ateneu Provincial Catarinense e tem acesso à cultura humanística, com o estudo de latim e grego; à cultura moderna, com o conhecimento da língua e das literaturas francesa e inglesa; às ciências naturais (em grande prestígio, dadas as influências europeias) e à matemática.

Nesse percurso foi se construindo uma lenda viva: o desempenho de Cruz e Sousa distinguia-se por sua inteligência e vivacidade intelectual. Entre muitos episódios lendários sobre o poeta, o mais conhecido é o de que um emérito alemão, Fritz Müller — à época em pesquisas no Brasil, onde exerceu a função de professor no Ateneu Provincial Catarinense —, teria citado o jovem negro em uma de suas cartas. Considerava que o estudante constituía a prova de que os africanos não eram intelectualmente inferiores aos brancos e, assim, questionava as convicções deterministas em voga. Hoje se sabe que a história não se refere a Cruz e Sousa (Fritz Müller esteve no Brasil em outra época, bastante próxima ao tempo em que Cruz e Sousa estudou no Ateneu, mas certamente não foi professor do futuro poeta). Porém, a ampla publicidade da falsa versão revela seus componentes ideológicos: tratava-se de compor uma justificativa para legitimar o direito de Cruz e Sousa pertencer aos quadros da cultura branca. De quebra, não se punham em causa as ideias, à época consideradas científicas, sobre a inferioridade da raça negra, uma vez que se tratava de um caso excepcional.

Lendas à parte, Cruz e Sousa tinha necessidades materiais a enfrentar. Emprega-se como caixeiro, ministra aulas particulares às moças da sociedade local. Desse modo, começa a obter algum reconhecimento nos meios cultos da região e a amizade de jovens promissores, como Oscar Rosas e Virgílio Várzea. Mas o ambiente acanhado limita-o. Quando a Companhia Dramática Julieta dos Santos o emprega como ponto — nome que se dava ao profissional que, oculto do público, recorda aos atores em cena suas falas —, Cruz e Sousa viaja por várias províncias brasileiras, divulgando também seus versos abolicionistas, muito influenciados por Castro Alves.

Primeiras publicações

De passagem pela Corte, no Rio de Janeiro, conhece a obra de vários franceses, entre as quais a de Charles Baudelaire e daqueles a quem a crítica brasileira chamava de "decadistas". Estes últimos consideravam que o momento que viviam caracterizava-se pela decadência da civilização; diante disso, encontravam seu refúgio na dedicação ao trabalho artístico, voltado para os temas da morte e do Ideal.

Em 1884, já de volta a Desterro, Cruz e Sousa publica *Tropos e fantasias*, seu primeiro livro, em colaboração com Virgílio Várzea. Seus textos se colocavam a serviço da denúncia e da causa social mais candente do momento: a escravidão. É o caso de "O abutre de batina", parte de "O Padre":

> [...]
> Faz-se preciso que desapareçam os Torquemadas, os Arbues, maceradores da carne, como tu, padre.
> Em vez de prédicas beatíficas, em vez de reverências hipócritas, proclama antes a insurreição...
> Tens dentro de ti, bate-te no peito, nas palpitações da seiva, um coração que eu penso não ser um músculo oco.
> [...] vibra-o se não queres que eu te estoure na cabeça um conto sinistro, negro à Edgar Poe.
> É tempo de zurzirmos os escravocratas no tronco do direito, a vergastadas de luz...
> Sejam-te as virtudes teologais, padre, — a liberdade, a igualdade e a fraternidade — maravilhosa trilogia do amor.
> [...]

Se com textos como esse ficava patente que Cruz e Sousa se alinhava aos princípios liberais aclimatados ao Brasil e advogava a poética da Ideia Nova, como vários outros jovens escritores, a diferença já se fazia notar.

A insistência das citações e referências a autores clássicos e contemporâneos mostrava que o autor exibia sua cultura letrada: assim revelava ter-se educado segundo os padrões da elite brasileira de então. Era desse modo que o artista negro julgava que as portas se abririam para ele — como se houvesse no Brasil as condições materiais e sociais para que se seguisse a carreira aberta ao talento.

Tudo ainda parecia possível para Cruz e Sousa, já que o jovem se aproximava de setores da inteligência provinciana que não apenas o reconheciam como lhe davam meios de projeção, possibilitando que declamasse versos em salões da burguesia local e os publicasse em periódicos da região; além disso, atribuíram-lhe a direção de jornais. Será num deles que a ilusão se desfará. Em 1885, como diretor de um pequeno jornal local — O Moleque —, e sem ser convidado para muitos dos bailes fechados para a elite da província, acaba dando-se conta de que "igualdade" é palavra que envolve a cor da pele, e a sua não lhe permitirá ter acesso às portas da frente da burguesia local. Quando convidado, era só para declamar poemas, como um clown. O valor de sua inteligência e de sua cultura não lhe servirá como moeda de troca para aceitação: será apenas o "negro atrevido", como alguns o chamam.

Não há lugar para ele na província. É então que um pequeno setor da elite liberal de Desterro ajuda o jovem a se instalar no Rio de Janeiro. Em 1890, aos 28 anos, Cruz e Sousa ainda imagina que na Capital da República estará a salvo do preconceito. Afinal, a Abolição garantira o direito legal do negro à cidadania.

Em suas mais profundas convicções, tudo dependeria, para ele, do talento, que sabia possuir.

A obra em formação

Ainda em Desterro, nos anos de 1884 a 1889, Cruz e Sousa já atuava como poeta e prosador. Vivia num momento em que o intelectual brasileiro ajudava a definir os rumos da nação e o escritor atuava como publicista, educador, homem encarregado da missão de modernizar o país. João da Cruz levava a sério sua tarefa e, como editor de *O Moleque*, escrevia editoriais que visavam à higienização das praias, que noticiavam as lutas contra a escravidão, que difundiam os versos libertários de Victor Hugo. Tudo cabia nas páginas do pequeno jornal.

Antes do episódio com *O Moleque*, em 1885, não perdia oportunidades de participar de eventos sociais e todas as situações eram ocasião para declamar versos de sua autoria. Com seu próprio nome, Cruz e Sousa escrevia para as jovens de Desterro, para os salões dos artistas locais, para os amigos — e assim julgava difundir seu talento. Muitos desses versos eram apenas a repetição de modelos já desgastados, como os de exaltação das jovens "cloróticas", as pálidas musas da segunda geração romântica focalizadas neste momento como mulheres fatais, à maneira dos decadentistas europeus:

> Pálida, bela, escultural, clorótica
> Sobre o divã suavíssimo deitada,
> Ela lembra — a pálpebra cerrada —
> Uma ilusão esplêndida de ótica.
> [...]
>
> ("Dormindo...", de *Cambiantes*, em
> *O livro derradeiro*)

A carreira provinciana exigia versos sérios para que o nome do autor se impusesse como poeta respeitoso e respeitável. Provavelmente, porém, Cruz e Sousa sentia quanto havia em seus poemas de mero exercício para obter reconhecimento. Por isso, talvez, era sob pseudônimo que Cruz e Sousa fazia versos satíricos à elite. Neles, por meio de técnicas e jogos de linguagem que depois seriam reaproveitados em sua produção "séria", expressava sua ira contra os abusos e os falsos moralismos:

> De claque, casaca e luva,
> De luva, casaca e claque

Ao rendez-vous da viúva,
De claque, casaca e luva,
Tu vais — arrostas a chuva

No macadam — plaque, plaque...
De claque, casaca e luva,
De luva, casaca e claque.

(de *Dispersas*, em O livro derradeiro)

Centro do Rio de Janeiro no fim do século XIX. A economia progride; a forte modernização da cidade, que seria chamada de "Bota-abaixo", implicava amplo processo de demolições e reconstrução da nova Capital Federal para o século XX.

Entre a produção assinada com seu nome e aquela apresentada com pseudônimos, e em meio a imperfeições, modismos e manias, a produção inicial de Cruz e Sousa documenta a escolha de formas literárias, técnicas de estilo e imagens que não mais o abandonariam: o apego ao soneto; o acúmulo de adjetivos; a repetição de palavras; o trabalho com a sonoridade; as imagens do mar e do luar, que povoavam suas experiências na ilha de Desterro; os temas amorosos e sensuais; a matéria histórica, exposta diretamente nesta fase.

Ao viajar pelo Brasil como ponto da Companhia Dramática Julieta dos Santos (1881-1883) e estabelecer-se temporariamente no Rio de Janeiro (1888), o jovem poeta tem acesso à obra dos modernos e começa a exercitar outro ideal de poesia. Em seu processo de formação, escolhe certos temas e procedimentos de Baudelaire, decadentistas e simbolistas, e começa a aclimatá-los ao nosso território. Culto ao Ideal, alusões a Satã e musicalidade dos versos são seus primeiros experimentos nessa direção.

Grupo dos Novos

Já instalado definitivamente no Rio de Janeiro (1890), Cruz e Sousa publica seus versos em periódicos de pouco prestígio. À época, os parnasianos, com seu culto à "arte pela arte", começavam a se impor e obtinham as vantagens da aceitação do público, que ansiava por uma arte aparentemente complexa, bem-comportada. Nesse ambiente cultural, o chamado Grupo dos Novos — de que o poeta catarinense era líder — professava outras convicções. O poema "Arte" (1891) é testemunho delas:

> Como eu vibro este verso, esgrimo e torço,
> Tu, Artista sereno[4], esgrime e torce;
> [...]
>
> Para que surja claramente o verso,
> Livre organismo que palpita e vibra,
> É mister um sistema altivo e terso
> De nervos, sangue e músculos, e fibra.
> [...]
> Assim, pois, saberás tudo o que sabe
> Quem anda por alturas mais serenas
> E aprenderás então como é que cabe
> A Natureza numa estrofe apenas.
> [...]

O poema expõe a disputa dos Novos contra os parnasianos, embora ambos defendessem o culto à forma regrada, contra os extravasamentos românticos. Os jovens

---

4   Numa outra versão do mesmo poema tem-se "o poeta moderno", o que confirma a leitura aqui apresentada.

poetas colocavam o trabalho formal a serviço de uma arte que se voltasse para "alturas mais serenas". Conhecidos como "decadistas", não pretendiam reproduzir a pose aristocrática dos poetas franceses, apesar de sua admiração por eles, nem queriam ficar restritos aos temas característicos do espírito poético decadente, como a obsessão pela morte, a atração pelo macabro e o satânico e a vertigem pelo abismo, embora os incorporassem à sua própria produção.

O Grupo dos Novos, avançando na direção do simbolismo, aspirava a uma poética que, com "nervos", "músculos", "sangue" e "fibras", transformasse a linguagem poética. Dando as costas ao mundo da experiência, a nova poesia se voltava para os espaços da idealidade, bem distantes do real histórico e de suas lutas por prestígio e poder.

A nova poética pretendia a expressão indireta da emoção, o que exigia procedimentos artísticos também novos: a acumulação de metáforas e de imagens que aludiam a um estado de espírito da subjetividade visionária. Tratava-se de dar representação ao que só o poeta poderia ver; suas "visões" não encontram correspondência na realidade empírica e se realizam como a projeção das percepções interiores em imagens objetivas[6].

O símbolo — termo que dará nome ao movimento — sugere que a referência sensível a uma imagem (a forma) se vincula a uma Ideia (a Forma) por correspondências que podem ser apenas sugeridas, assim como aquela existente entre linguagem verbal e linguagem musical (com o uso reiterado de assonâncias, aliterações, paronomásias, sinestesias) e entre realidade material e realidade espiritual. Dizem os versos de "Arte":

---

5 Especialmente desde o poeta Baudelaire, o "abismo" se tornou símbolo do que transpõe barreiras entre visível e invisível, consciência e inconsciência, vida e morte.

6 Já no romantismo, o poeta se apresenta como aquele que tem visões e percepções. A partir de Baudelaire e Rimbaud (1854-1891), o poeta visionário passa a ser concebido como aquele que, com sua percepção das correspondências entre interioridade e exterioridade, entre mundo material e mundo espiritual, dá forma poética a elas. Afirma Rimbaud que "o Poeta se faz vidente através de um longo, imenso e racional desregramento de todos os sentidos".

> Enche de estranhas vibrações sonoras
> A tua Estrofe, majestosamente...
> [...]
>
> Derrama luz e cânticos e poemas
> No verso, e torna-o musical e doce
> [...]

O poema é o espaço simbólico da aspiração ao Ideal, à Arte Pura. Os novos poetas querem ser "simbolistas" nesta acepção: por meio da palavra, anseiam transcender sua condição, pois, mais do que indivíduos, são os arquitetos de suas obras, os visionários que aspiram ao infinito e ao transcendente. Querem superar o mundo da experiência cotidiana e traduzir o que, sendo Absoluto e Ideal, é intraduzível. Por isso, a arte simbolista faz da expressão indireta da emoção seu mais importante procedimento técnico-literário.

Como disso tratou o simbolista francês Stéphane Mallarmé (1842-1898), a poesia nada deve nomear; ela deve aludir, sugerir:

> Nomear um objeto é suprimir três quartos do prazer do poema, que consiste em ir adivinhando pouco a pouco; sugerir, eis o sonho. É a perfeita utilização desse mistério que constitui o símbolo: evocar pouco a pouco um objeto para mostrar um estado d'alma, ou, inversamente, escolher um objeto e extrair dele um estado d'alma, através de uma série de decifrações[7].

Os padrões da crítica e a recusa ao simbolismo

Cruz e Sousa parecia não saber que, na disputa contra os parnasianos e na luta por escapar às exigências da crítica e do incipiente mercado artístico brasileiro, incorria em contradições históricas reais.

No Brasil, a polêmica contra o parnasianismo ocorria em circunstâncias muito diversas das europeias. Na França, o

---

[7] Palavras com que Stéphane Mallarmé respondeu à entrevista conduzida por Jean Huret, em 1891.

 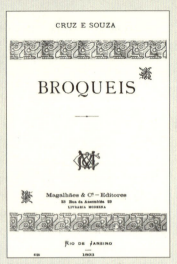

Respectivamente à esquerda e à direita, páginas de rosto das primeiras edições de *Missal* e *Broquéis* (1893).

esteticismo (como passou a ser conhecido o decadentismo francês e o simbolismo) nascia da recusa a um mundo em que todos os ideais libertários já haviam sido traídos e em que a arte se convertera em mera mercadoria. Também por isso, os poetas defendiam a função mística da palavra, liberta da "utilidade" e da linguagem denotativa das ciências bem como da linguagem facilitadora que não desafia seu público. Entre nós, o centro do problema da instituição artística não estava em sua adesão aos padrões do mercado, e, sim, na dominância dos critérios realistas e nacionalistas como condição para o reconhecimento da obra pela crítica local e pelo público.

A defesa da "Arte Pura" parecia, aos críticos, somente imitação de um movimento totalmente inadequado ao que julgavam ser os tempos promissores da nação, abertos com o Segundo Império, a Abolição, a República e a modernização de nossas instituições. Para eles, era necessário defender a vitalidade e a originalidade da pátria, e não cultuar temas mórbidos, em linguagem incompreensível. Como líder dos novos poetas, Cruz e Sousa ganhava mais uma mancha a tingir sua reputação. Mas ele parecia não se dar conta disso, seguro que ainda estava de professar a dignidade da cultura, gravada com o selo da sofisticação europeia.

A obra no acanhado mercado brasileiro

Em 1893, um editor lança as duas únicas obras que Cruz e Sousa viu editadas em vida: *Missal*, publicada em fevereiro, e *Broquéis*, em agosto.

Missal é uma obra inovadora. Talvez por isso tenha sido lançada antes do volume de versos, com o intuito, provável, de chamar a atenção da crítica. Cruz e Sousa tentava praticar um gênero novo e complexo, o poema em prosa, que havia sido notabilizado por Baudelaire, em *O spleen de Paris* (1869). Para Baudelaire, a grande cidade movida a negócios exigia a narrativa curta: o sujeito poético, lançado ao ritmo das ruas ou isolado em sua casa, captava pequenos flagrantes em que se revelava a dinâmica da vida e da óptica burguesas, enunciadas na dicção irônica do homem elegante e afetado, o dândi.

Mas as diferenças notáveis entre a Paris de Baudelaire e o Rio de Janeiro, onde vivia Cruz e Sousa, bem como entre as qualidades artísticas dos poetas, trariam ao experimento do brasileiro a marca da inadequação. Mesmo planejando uma obra arquitetonicamente construída — em que cada texto comporia momentos quase sagrados da religião da arte[8] —, o resultado do conjunto é muito irregular. Cruz e Sousa se dedica a entoar a "Oração ao Sol" e a "Oração ao Mar", que abrem e fecham o volume, e, afirmando a sensibilidade "decadista", recusa-se à imitação da realidade empírica. Nos pequenos textos, dominam as impressões e as visões subjetivas a partir dos estímulos que lhe vêm do exterior: uma cena num Café do Rio de Janeiro, a contemplação dos navios no porto, reflexões daquele que, isolado em casa, ouve os ruídos do carnaval de rua e devaneia sobre seu mundo ideal, esbatido em névoas, luares, sombras. Nada mais desajustado aos padrões artísticos da época, que exigiam a fidelidade à representação do dado especificamente brasileiro e a objetividade como padrão poético. Consciente disso, e da poética que

---

8 *Missal* é uma palavra do vocabulário religioso. Indica o pequeno livro que contém as principais orações proferidas durante a missa e que o católico leva consigo para acompanhar a cerimônia litúrgica. Ao escolher como título de sua obra o termo *missal*, Cruz e Sousa já sinaliza que a arte é sua religião, aquela capaz de religar os homens ao mundo ideal, transcendental.

pretendia liderar, a subjetividade lírica expõe a defesa de sua arte, reconhecendo que ela é vítima da recusa e da hostilidade:

> Tu, quem quer que sejas, obscuro para muitos, embora, tens um grande espírito sugestivo.
> Os jornais andam cantando a tua verve flamante, pertences a uma seita de princípios transcendentais.
> Na tua terra os cretinos gritam, vociferam.
>
> Não sabem o que tu escreves. Não entendem aquilo... Palavras, palavras, dizem.
> [...]
>
> ("Sugestão")

Contra a arte dominante em seu tempo, cujos mandamentos eram a clareza na expressão e a referencialidade, Cruz e Sousa atreveu-se ao novo. A tentativa, ousada para os padrões nacionais, nem sempre se realizou de maneira acertada. Mas, em algumas das páginas desse *Missal*, pode-se apreender a negatividade com que o sujeito lírico capta, na modernização do Rio de Janeiro, capital de uma república que quer estar à altura das metrópoles europeias, a violência e a iminência da catástrofe:

> [...]
> À turva luz oscilante dos lampiões de petróleo, em linha, dando à noite lúgubres pavores de enterros, veem-se fundas e extensas valas cavadas de fresco, onde alguns homens ásperos, rudes, com o tom soturno dos mineiros, andam colocando largos tubos de barro para o encanamento das águas da cidade.
> A terra, em torno dos formidáveis ventres abertos, revolta e calcária, com imensa quantidade de pedras brutas sobrepostas, dá ideia da derrocada de terrenos abalados por bruscas convulsões subterrâneas. [...]
>
> ("Umbra")

Muitas das páginas de *Missal* só podem ser compreendidas à luz da luta entre poéticas e das concepções que representam quanto à dinâmica da civilização: atraso ou progresso. Mas a crítica importante da época rejeitou-a de modo contundente, comentando apenas a falta de sentido dos textos ou a imitação tosca dos franceses. Araripe Júnior viu nela a inadequação do poeta que, "negro sem mescla", não teria condições de compreender o refinamento da poética que pretendia seguir. O resultado, segundo ele, não poderia ser outro senão a obra falhada, a que se acrescentava a impropriedade daquela estética, "decadista", ao país de "viço novo".

Quando, alguns meses depois, *Broquéis* vem a público, a carreira e a fama de Cruz e Sousa já estavam estigmatizadas. Por isso, talvez, Cruz e Sousa não tivesse mais nenhuma ilusão: sabia que a carreira que pretendera iniciar no Rio de Janeiro estava condenada ao fracasso. E, de fato, os poemas de *Broquéis* foram compreendidos como "palavras sem sentido" ou imitação sem valor.

Poucos viram neles o gesto de recusa aos fechados grupos de intelectuais que estabeleciam os padrões de gosto do pequeno público. Poucos viram o trabalho construtivo com as palavras, em sua materialidade sonora, e com as imagens e suas alusões. Poucos perceberam que ali se professava uma religião da arte, contra o comércio e a domesticação da poesia, sob os princípios da arte simbolista. Na obra (mesmo que irregular em seus resultados artísticos), abria-se a revolução da linguagem do poema, que seria determinante para os rumos da lírica no século XX.

Além disso, a obra dava o lúcido testemunho de que a arte fora expulsa da práxis vital: já não encontrava lugar nas relações dominadas pelo ritmo da vida social e pela produção de mercadorias culturais. Precisava encontrar seu abrigo nas formas simbólicas que sugerissem espaços transcendentes, refúgios do Ideal:

> Ó Formas alvas, brancas, Formas claras
> De luares, de neves, de neblinas!...
> Ó Formas vagas, fluidas, cristalinas...
> Incensos dos turíbulos das aras...
>
> [...]
>
> Indefiníveis músicas supremas,
> Harmonias da Cor e do Perfume...
> [...]
>
> ("Antífona")

No conjunto de *Broquéis*, poemas de rara beleza simbolista, como "Antífona", mesclam-se a outros, ainda com forte influência parnasiana, dado o uso do soneto[9] bem como o forte teor escultórico das imagens e o emprego de termos da cultura romana. Também se podem ler experimentos tipicamente decadentistas nos poemas que tematizam o elogio a Satã, ao tédio, à mulher fatal, clorótica e diabólica, numa representação "realista" do desejo sexual, como em "Serpente de Cabelos".

Mas a crítica não apenas recusou *Broquéis*, como também tornou a obra objeto de paródias, com a imitação das maiúsculas, das reticências, dos neologismos, dos advérbios, dos excessos de adjetivos e de imagens, que haviam se tornado a marca das técnicas poéticas de Cruz e Sousa. Sugeria-se que esses procedimentos não passavam de trejeitos do poeta (negro) que nada entendia das sofisticações da arte simbolista (branca).

Mesmo desfeitas as ilusões da fama, Cruz e Sousa persistia em sua arte. E os dilemas pessoais se somavam: em 1896, Gavita, sua esposa, enlouquece por seis meses, e é o poeta quem cuida dela depois

Trecho de manuscrito de Cruz e Sousa em que se veem a caligrafia firme e a assinatura do poeta

---

9   Note que o uso do soneto, por parnasianos e simbolistas, europeus e brasileiros, era fenômeno comum. A diferença, porém, é que os parnasianos visavam ao modelo clássico, temática e estilisticamente; os simbolistas valiam-se dessa forma clássica para desmontar o andamento lógico e construir a poesia da sugestão.

de retirá-la do hospital; no mesmo ano, morre o pai do poeta; o mísero salário de arquivista da Estação de Ferro Central do Brasil não é suficiente para manter a família, composta, em 1897, por três filhos. E, enquanto a sobrevivência se tornava cada vez mais difícil, o poeta depurava sua produção. A Arte Pura, o "culto à arte" nasciam de uma subjetividade que, com os fracassos vivenciados no cenário público, pusera-os a serviço de outras figurações.

As faces da poética de Cruz e Sousa: rebeldia e recusa

Nos anos que se seguiram a 1893 até a sua morte, em 1898, Cruz e Sousa produziu o melhor de sua obra: *Faróis*, entregue a Nestor Vítor com o título definido e o conjunto dos poemas já organizado, e *Evocações*, conjunto de poemas em prosa. Tão célebre como os versos "Vozes veladas, veludosas vozes...", de "Violões que choram..." (*Faróis*), é o poema em prosa "Emparedado", de *Evocações*:

> [...]
>
> Artista! pode lá isso ser se tu és d'África, tórrida e bárbara [...]
>
> Artista?! Loucura! Loucura! [...]
>
> Não! Não! Não! Não transporás os pórticos milenários da vasta edificação do Mundo, porque atrás de ti e adiante de ti não sei quantas gerações foram acumulando, acumulando pedra sobre pedra, pedra sobre pedra, que para aí estás agora o verdadeiro emparedado de uma raça.
> Se caminhares para a direita baterás e esbarrarás ansioso, aflito, numa parede horrendamente incomensurável de Egoísmos e Preconceitos! Se caminhares para a esquerda, outra parede, de Ciências e Críticas, mais alta do que a primeira, te mergulhará profundamente no espanto! Se caminhares para a frente, ainda nova parede, feita de Despeitos e Impotências, tremenda, de granito, broncamente se elevará ao alto! Se caminhares, enfim, para trás, ah! ainda, uma

Famosa caricatura de Cruz e Sousa, segurando seu livro *Missal*. Essa e outras caricaturas mostram certa popularidade do poeta no meio jornalístico do Rio de Janeiro.

derradeira parede, fechando tudo, fechando tudo — horrível! — parede de Imbecilidade e Ignorância [...]

E, mais pedras, mais pedras se sobreporão às pedras já acumuladas, mais pedras, mais pedras... [...] Mais pedras, mais pedras! E as estranhas paredes hão de subir, — longas, negras, terríficas! Hão de subir, subir, subir mudas, silenciosas, até às Estrelas, deixando-te para sempre perdidamente alucinado e emparedado dentro do teu Sonho...

No trecho, evidenciam-se duas importantes mudanças nas convicções de Cruz e Sousa. Não há mais nenhuma

ilusão de que o talento lhe trará reconciliação com o mundo. Também não há mais nenhuma certeza de que a Arte Pura, tal como o poeta a praticara até então, obterá reconhecimento. Duplicado no Artista com quem dialoga, o sujeito lírico constata que ficará "para sempre [...] alucinado [...] dentro do Sonho", enquanto as "longas paredes" hão de subir "até às Estrelas". Ironicamente, quem atinge os espaços da transcendência, simbolizados nas Estrelas, são as pedras atiradas contra o poeta do Ideal.

"Emparedado" é um dos textos mais violentos contra a segregação cultural imposta aos negros no país. Mas é também o documento artístico que ajuda a entender como, em *Faróis*, a poética do Ideal e seus espaços etéreos, que continua a ser formulada, contrasta com a poética dos mundos subterrâneos, dos pesadelos do mundo psíquico, do ataque feroz aos protagonistas da classe dominante, da identificação com os párias e os excluídos. Uma poética do transcendente, do inefável e do sublime convive, em tensão, com a poética visionária dos horrores.

Arte negra

Nos longos poemas e nos sonetos de *Faróis*, Cruz e Sousa já abandonou o pendor parnasiano e seu simbolismo ganha feição muito particular. Permanecem as aliterações, as assonâncias, as sinestesias, as associações de imagens em encadeamentos livres, as repetições de palavras, os versos construídos apenas com advérbios ou adjetivos, os deslocamentos rítmicos criados pelos prolongamentos sintáticos de um verso ao verso seguinte (os *enjambements*), a recusa aos conteúdos referenciais. Mas o que mais impressiona é o fato de que tais recursos se colocam a serviço de uma poética visionária totalmente original no quadro da literatura brasileira. A força de muitos de seus poemas, que tratam do que ainda podemos reconhecer, dá testemunho de sua atualidade.

Nessa poética, reconhecemos a situação alienada do sujeito, as cisões de sua psique, sua impotência para enfrentar os horrores que, nascidos dele ou emanados da realidade histórica, impõem-se como a cena da violência soberana. Identificamos, nos encadeamentos de metáforas e de símbolos que tratam do triunfo da Morte e da permanência do Mal, o reverso do que a ideologia constitui como a imagem do mundo histórico. A superfície polida construída pelos discursos que apregoam a "ordem" e o "progresso", em finais do século XIX, é posta do avesso — e sobre ela se constroem as imagens do lodo, do pus, dos charcos e das águas pútridas e paradas, onde triunfam a traição e a inveja, como se pode ler nos versos de "Pressago".

A poesia visionária mais significativa de *Faróis* é aquela composta pelos "poemas da noite". Neles, a força transcendente dos espaços etéreos, dos "luares", das "neblinas", não é imagem do apaziguamento do sujeito, que encontraria conforto na Natureza ideal. Em vez disso, a noite traz o halo de luar que ilumina um quadro monstruoso, macabro, assustador, que surge para a contemplação da subjetividade — impotente para decifrá-lo, porém. Nascido de sua interioridade, tal quadro se coloca como algo separado do sujeito, o qual não consegue compreender o que vê. Um mundo sinistro surge como a figuração simbólica e enigmática da alienação do sujeito e do horror histórico, a contrapelo da imagem do país moderno que se construía àquele tempo:

[...]

Só os olhos eu via! — o corpo todo
Se confundia com o negror em volta...
Ó alucinações fundas do lodo
Carnal, surgindo em tenebrosa escolta!

E os olhos me seguiam sem descanso
Numa perseguição de atras voragens [...]

("Olhos do Sonho")

No melhor de *Faróis*, estão os poemas da visão de mundos aterradores ("Pressago", "Olhos do Sonho", "*Pandemonium*"), os desfiles da escória humana ("Canção do Bêbado" e "Ébrios e Cegos"), a escolha dos pobres e dos monges como os pares com os quais literal e simbolicamente a subjetividade lírica se identifica ("Litania dos Pobres" e "Os Monges"). Também reaparece o tema da morte, tratada em seus aspectos mais realistas, aludindo à desaparição completa dos desejos e das desigualdades que comandam a vida social ("Caveira" e "A Ironia dos Vermes"). Os espaços etéreos, transcendentes, continuam a ser invocados — mas, agora, para lançar o desesperado anseio pela dissolução. As aspirações irrealizadas expõem, cada vez mais agonicamente, que a Ilusão, a confiança na arte, nasce da profunda insatisfação histórica e da profunda desilusão. Nenhuma certeza; apenas a dilacerante procura persiste:

[...]

Ah! Noite original, noite desconsolada,
Monja da solidão, espiritual e augusta,
Onde fica o teu reino, a região vedada,
A região secreta, a região vetusta?!

[...]
("Monja Negra")

Se em Broquéis a imagem do arremesso para o alto indicava uma poética que queria sobrepairar os espaços da realidade, em Faróis a arte é apresentada como o "Mago Fruto letal e proibido", o "Astro sombrio" que ilumina o que não existe e guia o poeta para que não desista de seu sonho (em "Visão"). Como testemunho contra as "vãs misérias deste mundo", como arma contra o "coração desta Babel", a "Canção Negra" anseia cuspir "a lama e o pus" — e, com imagens do horror sublime, quer contrapor-se à falsa beleza do mundo.

Não há mais lugar para a "arte branca", se ela significar a figuração de um mundo harmônico. Na "arte negra", que constrói a expressão do desconcerto e do ódio, da perversidade e do pavor, o Sonho continua a existir. Expressa-se em sua negatividade, como pesadelo, e como persistente e torturante anseio irrealizado de plenitude e reconciliação:

Página de rosto de *Últimos sonetos*, editado postumamente na França, em 1905, por empenho do amigo Nestor Vítor.

Anda em mim, soturnamente,
Uma tristeza ociosa,
Sem objetivo, latente,
Vaga, indecisa, medrosa.

[...]
Ah! tristeza imponderável,
Abismo, mistério aflito,
Torturante, formidável...
Ah! tristeza do Infinito!

("Tristeza do Infinito")

  Diferentemente de *Faróis* — organizado pelo próprio Cruz e Sousa, mas com edição póstuma —, *Últimos sonetos* foi resultado do esforço de Nestor Vítor, que recolheu versos do poeta escritos entre os anos de 1894 e 1898. O fato ajuda a compreender a irregularidade artística do conjunto.
  Persistem, nesses sonetos, temas que obcecam a produção de Cruz e Sousa, muitos dos quais se enraízam em seu próprio trajeto biográfico. Miséria, aproximação da morte, temores diante do desconhecido, ódio e rancor contra o mundo que traiu os seus sonhos, crença e descrença, dúvida e certeza diante do que ocorrerá depois da libertação do corpo. Talvez por isso, Manuel Bandeira e tantos outros críticos tenham se detido nesses versos para falar dos "suspiros profundos" e dos "gritos dilacerantes" que comovem profundamente seus leitores:

Ninguém sentiu o teu espasmo obscuro,
Ó ser humilde entre os humildes seres.
[...]

("Vida Obscura")

Ah! mas então tudo será baldado?!
Tudo desfeito e tudo consumido?!
No Ergástulo d'ergástulos perdido
Tanto desejo e sonho soluçado?!
[...]

("Cogitação")

Arte longa, vida breve

Ainda que a vida de Cruz e Sousa seja o testemunho de sofrimentos pessoais, sua arte não sobrevive por causa deles. É na construção do poema que está o valor desses sonetos. Neles, o canto do poeta dissolve a dor ao formulá-la em imagens que falam a todos. Nascidos dos horrores da vida social, da estreiteza do mundo cultural, os *Últimos sonetos* se elevam à condição de grande arte, também como prova dos esforços pela superação dos preconceitos (racial e cultural) que estão em seu nascedouro. Reafirmam a rebeldia de quem não compactua com a vida injusta e de quem elege, no território das formas artísticas, os meios para responder à barbárie histórica, às promessas não cumpridas pela civilização, às ruínas que se acumulam sob a superfície do progresso ("Ódio Sagrado").

Em *Faróis* e *Últimos sonetos*, a subjetividade lírica entrevê os espaços etéreos, para os quais desejaria elevar sua arte, e os espaços demoníacos, que dão expressão simbólica ao mundo histórico, tal como o compreendia Cruz e Sousa e tal como ele o repudiava. Entre céu e inferno, o poeta — imobilizado — não acede aos espaços paradisíacos e não penetra nos espaços infernais. Contempla ambos, e neles não encontra refúgio. O que resta é a formulação de que todas as esperanças são vãs, e inúteis os apelos a deuses que, se existem, já não nos ouvem.

Reconhecer na obra de Cruz e Sousa técnicas simbolistas (que, de fato, ali estão); identificar nela certa mescla parnasiana (na preferência pelo soneto e por preciosismos linguísticos); localizar temas decadentistas imitados ao movimento francês (o culto à mulher fatal, o satanismo, a obsessão pelo tema da morte tratado com realismo, a atração pelo abismo); perceber sua adesão ao universo das imagens e dos ideais do simbolismo — tudo isso limita o conhecimento dessa poesia à mera verificação de procedimentos e estilos que ela reproduziria. Valorizá-la pelo sofrimento de que fala mantém o estigma de uma produção que se reduz ao caso individual e assim se neutraliza a força da crítica que ela empreende.

A verdadeira beleza dessa obra, tão irregular, nasce do fato de que ela formaliza as contradições de um momento histórico que não acabou com a morte do poeta em 1898. Talvez o agravamento das tensões históricas na contemporaneidade comprove que o poeta visionário do século XIX entreviu o avanço da barbárie que se escondia na palavra "progresso", tal como a empregavam os poderosos detentores da ordem.

O poeta, renegado em seu tempo, que põe em cena as visões e as cisões de sua própria subjetividade, que contempla o mundo poético sob o prisma de alucinações persecutórias, que anseia por realização numa situação histórica que a nega — esse poeta nasce dos estigmas do homem negro que acreditou nas promessas da felicidade e foi traído por suas ilusões.

Mas a voz do poeta negro rebelde fala a recusa de todos aqueles que, gravitando à margem, podem reconhecer-se na angústia daquele que construiu sua obra artística com as feridas e as dores de seu tempo. Essa voz, hoje, quer e pode ser ouvida e compreendida como nossa igual.

Antologia poética

CRITÉRIOS DE ORGANIZAÇÃO DESTA ANTOLOGIA

Os poemas selecionados foram cotejados nas seguintes edições:
- CRUZ E SOUSA, João da. *Obra completa*. Organização geral, introdução, notas, cronologia e bibliografia por Andrade Muricy. Rio de Janeiro: Aguilar, 1961.
- CRUZ E SOUSA, João da. *Obra completa*. Organização: Andrade Muricy. Atualização e notas de Alexei Bueno. Rio de Janeiro: Aguilar, 1998. (Alguns erros gráficos e de distribuição dos versos foram corrigidos por Alexei Bueno; também se incluíram novos textos de Cruz e Sousa, bem como parte de sua correspondência.)

Quando se constataram diferenças entre as duas edições, optou-se pelo confronto com a edição de *Broquéis* da Editora da Universidade de São Paulo (1994). Em alguns poemas, bastou o apoio na reedição da obra anotada e corrigida por Alexei Bueno.

Esta antologia se organiza reunindo a produção, em versos, de *Broquéis*, *Faróis* e *Últimos sonetos*. A seleção dos poemas pretendeu dar mostras daqueles que melhor representam a grandeza artística de Cruz e Sousa. Também foram selecionados poemas que, embora menores do ponto de vista artístico, permitem compreender o processo de formação do poeta e da superação artística por ele conquistada nos anos finais de sua vida. Nos poemas de Cruz e Sousa mais afins à sensibilidade contemporânea não há tantos obstáculos à leitura quanto nos de sua produção inicial, muito marcados por complexos procedimentos sintáticos e difícil vocabulário. De todo modo, não se poderia chegar àqueles sem conhecer o movimento inicial e o contexto histórico-cultural que eles pressupõem.

Quanto aos outros livros de versos — publicados ou não em vida de Cruz e Sousa, e reunidos, na edição da *Obra completa*, sob o título de *O livro derradeiro* —, não foram incluídos aqui por diversas razões. *Cambiantes* é obra pré-simbolista, bem como *Campesinas; Julieta dos Santos* reúne versos de circunstância; *Outros sonetos* e *Dispersas* contêm produções juvenis do poeta, versões de poemas editados em jornais de Desterro e do Rio de Janeiro e poemas inconclusos. Os volumes de poemas em prosa (especialmente *Missal* e *Evocações*, citados em "A voz de um rebelado") não foram objeto desta antologia, seja porque são ainda mais irregulares artisticamente do que a produção em versos, seja porque, mesmo importantes para a compreensão das concepções artísticas de Cruz e Sousa, exigiriam que se discutissem o gênero literário e sua realização no Brasil por este escritor em particular.

Os poemas que compõem esta antologia foram organizados em três grandes blocos temáticos intitulados "Refúgio e tormento do Ideal", "Desejo e aniquilação" e "Mundos sem redenção".

O bloco "Refúgio e tormento do Ideal" recolhe alguns dos poemas que tratam da própria poesia e do lugar social do poeta. Nesses metapoemas, é possível observar as tensões que, desde *Broquéis*, estão presentes na figuração dos espaços ideais da Arte. Tais ideais se, por um lado, apaziguariam as inquietudes do sujeito lírico, por outro as repõem, pela certeza da dificuldade, senão impossibilidade, da tradução verbal do inefável. Ao longo da produção de Cruz e Sousa, vai sendo minada a certeza de que os espaços ideais trarão reconhecimento ou consolo, o que se evidencia em *Faróis* e *Últimos sonetos*. Isso dará novas tonalidades à reflexão sobre o lugar da arte e sua função no mundo histórico, bem como novas imagens para expressá-la. Persiste a luta do artista para alcançar a Arte Ideal, mas, sem renunciar aos símbolos da transcendência e dos espaços inefáveis, formula-se a impossibilidade de atingi-los. A Arte Ideal é, nos últimos livros, também a arte da "canção negra", que maldiz a vida histórica. No conjunto dos metapoemas, é possível acompanhar os movimentos de um poeta num quadro crispado, feito de desejos e de impossibilidades, que aspira ao que não há.

O bloco "Desejo e aniquilação", voltado para os poemas eróticos, procura mostrar como o temário romântico-decadentista marcou a poesia inicial de Cruz e Sousa, com imagens de forte evocação realística do corpo feminino e dos desejos sexuais. Também dá a ver como, desde *Broquéis*, gravava-se nos versos a angústia sexual diante da mulher que o poeta não poderia ter de fato, fosse por limitações morais, na sociedade brasileira de finais do século XIX, fosse por preconceito racial. Em *Faróis* e *Últimos sonetos*, a poesia erótica ganha outra significação. Entoa-se o elogio do amor sacramentado pelo casamento (numa transposição artística da experiência biográfica) ou — o que é mais relevante artisticamente — trabalha-se uma dimensão metafísica do erotismo. O impulso erótico implica o anseio pela dissolução do sujeito que quer fundir-se ao corpo amado. Em Cruz e Sousa, esse impulso arremessa a subjetividade lírica para o alto — no desejo de fundir-se ao corpo cósmico da Noite simbólica ou dos espaços etéreos ideais — ou para baixo — na ambivalência do horror gozoso de aniquilar-se no corpo da Terra. Erotismo sagrado, assim se poderia chamá-lo, que dá expressão, em símbolos enigmáticos, ao anseio de aniquilação dos contornos da individualidade. Também se pode ler, nesses dois livros, o testemunho artístico das vicissitudes vividas pelo casal Gavita e João da Cruz e Sousa, durante o período em que ela enlouqueceu.

A terceira e última parte, "Mundos sem redenção", reúne poemas cuja atualidade e força poéticas são mais afins à sensibilidade contemporânea. Trata-se de "poemas da noite" em que dominam as visões da subjetividade, a qual contempla um mundo aterrador, inacessível à decifração. Mesmo quando se criam imagens paradisíacas, elas simbolizam um espaço de conciliação ideal inatingido. No conjunto desses poemas, os símbolos — estranhos, deformados, grotescos — dão figuração, pelo avesso, ao mundo histórico que anuncia o progresso, o futuro, e esconde a barbárie da injustiça, do preconceito, da discriminação, da miséria. Assim, nos símbolos desta poética, aponta-se de fato para o que não há. A Arte anseia a liberdade e a supressão de todas as injustiças e necessidades. Em seu desejo, ela expressa em símbolos não apenas os ideais humanos, históricos, mas também os horrores que os impedem de se realizar. A Poesia do Ideal e sua contraface, a Poesia do Horror, perpetuam o sonho da superação das tensões — tarefas que a História e a práxis humana deverão cumprir e para as quais a obra de arte contribui, ao acenar para um mundo liberto.

Ivone Daré Rabello

I. REFÚGIO E TORMENTO DO IDEAL

O conjunto de poemas apresentados nesta seção reúne as produções de Cruz e Sousa de *Broquéis* a *Últimos sonetos* a partir do tema da reflexão sobre a arte e sua função, bem como sobre os dilemas do artista que, ansiando pelo mundo ideal — em que se refugiaria —, enfrenta a luta pela expressão poética — seu tormento. Também figura em alguns destes poemas a tensa relação entre o poeta do Ideal e o mundo social e cultural que o renega. Acompanhar a sequência destes poemas permite apreender o movimento da atitude lírica que estrutura a obra de Cruz e Sousa: a defesa permanente da arte, que se nega a cumprir a função de mero ornamento, e a revolta crescente contra os hábitos do público, o gosto dominante e o poder; a certeza de que arte é promessa de reconciliação entre homem e natureza, e a dúvida, ou a descrença, de que tal ideal se realizará.

De *Broquéis* (1893)

> *Seigneur mon Dieu! Accordez-moi la grâce de produire quelques beaux vers qui me prouvent à moi-même que je ne suis pas le dernier des hommes, que je ne suis pas inférieur à ceux que je méprise!**
> BAUDELAIRE

Antífona**

Ó Formas alvas, brancas, Formas claras
De luares, de neves, de neblinas!...
Ó Formas vagas, fluidas, cristalinas...
Incensos dos turíbulos das aras...

5   Formas do Amor, constelarmente puras,
De Virgens e de Santas vaporosas...
Brilhos errantes, mádidas frescuras
E dolências de lírios e de rosas...

Indefiníveis músicas supremas,
10 Harmonias da Cor e do Perfume...
Horas do Ocaso, trêmulas, extremas,
Réquiem do Sol que a Dor da Luz resume...

Visões, salmos e cânticos serenos,
Surdinas de órgãos flébeis, soluçantes...
15 Dormências de volúpicos venenos

---

* "Senhor meu Deus! Dai-me a graça de produzir alguns belos versos que provem a mim mesmo que não sou o último dos homens, que não sou inferior àqueles que desprezo!" (Trecho de *Le Spleen de Paris*.)

** **Antífona**: versículo bíblico que se entoa antes de um salmo ou de um cântico religioso e que depois é repetido em coro; por extensão, oração, prece.

4 **turíbulos**: recipientes circulares em cujo interior se queima incenso, usados em funções litúrgicas; **aras**: altares.

7 **mádidas**: umedecidas, orvalhadas.

8 **dolências**: dores, aflições.

12 **réquiem**: oração feita em honra aos mortos.

14 **flébeis**: chorosos ou lamentosos; por extensão, enfraquecidos, débeis.

15 **volúpicos**: neologismo derivado de *volúpia* (grande prazer dos sentidos); por extensão, qualquer prazer.

Sutis e suaves, mórbidos, radiantes...

Infinitos espíritos dispersos,
Inefáveis, edênicos, aéreos,
Fecundai o Mistério destes versos
20 Com a chama ideal de todos os mistérios.

Do Sonho as mais azuis diafaneidades
Que fuljam, que na Estrofe se levantem
E as emoções, todas as castidades
Da alma do Verso, pelos versos cantem.

25 Que o pólen de ouro dos mais finos astros
Fecunde e inflame a rima clara e ardente...
Que brilhe a correção dos alabastros
Sonoramente, luminosamente.

Forças originais, essência, graça
30 De carnes de mulher, delicadezas...
Todo esse eflúvio que por ondas passa
Do Éter nas róseas e áureas correntezas...

Cristais diluídos de clarões alacres,
Desejos, vibrações, ânsias, alentos,
35 Fulvas vitórias, triunfamentos acres,
Os mais estranhos estremecimentos...

Flores negras do tédio e flores vagas

---

16 **mórbidos:** sem energia, frágeis e, também, psiquicamente anormais.
18 **inefáveis:** relativo a algo que não se pode nomear devido à sua natureza, força ou beleza, sempre acima da natureza humana; **edênicos:** relacionados ao Éden (paraíso bíblico). (N.E.)
21 **diafaneidades:** neologismo derivado de *diáfano*; transparentes.
22 **fulgir:** brilhar.
27 **alabastros:** pedras brancas, às vezes translúcidas.
31 **eflúvio:** perfume; emanação que se desprende dos corpos.
33 **alacres:** álacres, alegres.
35 **fulvas:** loiras, alaranjadas; **acres:** que têm sabor amargo, cheiro penetrante ou ainda som pungente.

De amores vãos, tantálicos, doentios...
Fundas vermelhidões de velhas chagas
40 Em sangue, abertas, escorrendo em rios...

Tudo! vivo e nervoso e quente e forte,
Nos turbilhões quiméricos do Sonho,
Passe, cantando, ante o perfil medonho
E o tropel cabalístico da Morte...

---

38 **tantálicos:** tentados de modo cruel e penoso, através de suplícios terríveis. Segundo a mitologia grega, Tântalo revelou aos homens segredos do Olimpo e trouxe aos mortais o néctar e a ambrosia reservados aos deuses; por isso, foi condenado a um suplício eterno: nunca consegue beber ou alimentar-se, pois a água e a comida afastam-se quando tenta aproximar-se delas.

42 **quiméricos:** tudo o que se refere à imaginação; ilusórios.

44 **tropel:** grande número de pessoas ou animais movendo-se desordenadamente; por extensão, grande ruído provocado pela marcha de animais; **cabalístico:** que tem sentido oculto e misterioso; relativo à cabala, sistema filosófico-religioso judaico, de origem medieval, com especulações de origem mística e esotérica.

COMENTÁRIO CRÍTICO

Publicado em 1893, após *Missal*, *Broquéis* (palavra que significa escudo, proteção) sugere, em seu título, a posição defensiva assumida por Cruz e Sousa nesse livro. Mesmo que o termo "broquéis", por ser raro e antigo, estivesse ao gosto da época, a citação de Baudelaire, na epígrafe que abre a obra, indicava que o autor brasileiro desafiava os padrões dominantes e os hábitos do público. Alinhava-se ao "poeta maldito" francês, sob o signo da rebeldia, e marcava seu lugar no cenário literário do Brasil de então. Respondia ao desdém de que *Missal* fora vítima e reafirmava suas concepções e sua prática artística, em dissonância com as exigências de clareza e "cor local", hegemônicas à época.

"Antífona" é o poema que abre *Broquéis*, e sua função, na arquitetura da obra, é realizar a proposição de uma nova poética numa nova linguagem. Essa nova poética não rompe as convenções da métrica e da rima, que aqui se mantêm: trata-se de 44 versos decassílabos, distribuídos em 11 quartetos, com rimas tradicionais (a-b-b-a). No entanto, é perceptível que a sintaxe se organiza de modo pouco usual se considerarmos a linguagem poética do século XIX. Temos versos inteiramente preenchidos com adjetivos (como em "sutis e suaves, mórbidos, radiantes", no verso 16) e, especialmente, ao longo dos quartetos, uma acumulação de imagens, que não se referem diretamente a nada reconhecível (rompendo os padrões da referencialidade, portanto). O sujeito lírico invoca as "Formas", as "Formas do Amor", as "músicas", as "Harmonias", as "Horas do Ocaso", as "visões", os "espíritos dispersos, inefáveis, edênicos, aéreos". Os vínculos internos entre essas imagens não se explicitam, como se tivéssemos aqui uma série de sons ou de acordes que se propagam, e cujo sentido cada leitor tivesse de reconstruir, a partir das alusões, das sugestões simbólicas inscritas no significado das palavras e dos efeitos musicais construídos com as relações entre os sons.

O caminho para a leitura interpretativa impõe, portanto, a atenção ao objeto poético, em sua materialidade. "Antífona", palavra que significa "versículo", indica que os versos desse poema poderiam ser lidos como parte de uma "oração", cujo conjunto – verdadeiro missal de preces poéticas – seria o volume *Broquéis*. O tom solene – nos vocativos que organizam a estrutura do poema até o verso 18 – expressa a atitude do sujeito lírico diante de algo sagrado. Também a profusão de palavras do vocabulário litúrgico ("turíbulos", "aras", "Virgens", "Santas", "réquiem", "salmos") ou relativas ao espaço da igreja ("incensos", "órgãos") indica o ambiente consagrado ao divino.

Mas a que o sujeito lírico invoca? O apelo às "Formas alvas, brancas", "Formas claras de luares, de neves, de neblinas!" sugere — pelas maiúsculas e pela reiteração da imagem do branco, que reúne todas as cores — a realidade superior, a pura essência imaterial. O sujeito lírico suplica a elas, e a tudo o que lhes está associado ("Amor", "músicas supremas", "Infinitos espíritos", "inefáveis", entre outras imagens), que fecundem o "Mistério de seus versos" (verso 19). Trata-se, assim, de um apelo para que essa poesia, nesses versos, atinja o Ideal, aquilo que supera os limites da matéria. A religião e o culto que se professam aqui são da Arte, que anseia promover a religação dos homens com as esferas transcendentes a que só o artista, o visionário, tem acesso.

Tal concepção de Arte exige um trabalho com a linguagem que não a limite à função comunicativa. O poema não quer dizer algo sobre o mundo ou as emoções; quer construir a si mesmo como poema. Disso decorre o que se considera hermetismo da poesia simbolista, que quer diluir os significados usuais da linguagem verbal, eliminando a referência direta ao contexto, externo ao universo do poema. Por isso, os efeitos musicais obtidos com a camada sonora das palavras e a construção das mesclas sensoriais são decisivos.

Em "Antífona", as aliterações — repetições de sons — são bastante expressivas. "Formas", "fluidas", "surdinas de órgãos flébeis, soluçantes", "volúpicos venenos", "trêmulas", "extremas", por um lado, e "alvas", "brancas", "claras", "luares", "vagas", por outro, são apenas alguns entre tantos efeitos de aliteração e de assonância construídos no poema. Uma de suas funções é romper a expectativa de que se fale sobre algo e de sugerir associações sonoras que não se limitam aos ecos finais (as rimas). Com a repetição dos sons, exige-se também do leitor que ele se entregue aos encantamentos musicais das palavras, sem prender-se à necessidade de compreensão dos significados referenciais.

Também a sinestesia — figura de linguagem que consiste em associar palavras que reúnem diferentes impressões sensoriais — tem importante lugar nessa poética. Um exemplo mais convencional da sinestesia pode ser lido em "Que brilhe a correção dos alabastros/ Sonoramente, luminosamente" (versos 27 e 28), em que se mesclam percepções visuais ("Que brilhe"; "luminosamente") e acústicas ("sonoramente"). Outros extraordinários exemplos de sinestesia podem ser lidos em: "Harmonias da Cor e do Perfume..." (verso 10), em que se combinam impressões visuais ("Cor") e olfativas ("Perfume"); "Horas do Ocaso, trêmulas, extremas" (verso 11), em que se associa uma percepção do tempo abstrato ("Horas") a uma impressão tátil, concreta ("trêmulas"). Com a sinestesia, realiza-se, no plano do estilo, uma das plataformas simbolistas: constituir, na linguagem, a correspondência entre elementos materiais (as impressões sensoriais) e espirituais ou, ainda, a superação da realidade limitada da experiência (que "separa" as sensações) em nome do visionarismo e da sugestão poéticos.

O significado de "Antífona" não se deixa apreender se não se penetra na estrutura de sua composição. Assim, nos cinco primeiros quartetos, a subjetividade lírica invoca, em símbolos, aquilo que considera seu ideal artístico. A partir da quinta estrofe (versos 19 e 20), exprime seus anseios. O eu lírico deseja que seu poema atinja o ideal de uma poesia dos Mistérios, que seja admitido no culto da Arte. Que seu poema atinja a esfera dos Sonhos.

Nenhum tema, nenhum assunto está vedado a essa poesia. Como se pode ler nos quartetos 8, 9 e 10, o culto ao tédio, os amores fatais, as carnes de mulher (temas mais identificados ao decadentismo) comparecem em "Antífona" como assuntos poéticos que permitem o salto ao Infinito.

No último quarteto, o conjunto se reorganiza e ganha significação peculiar. A poética do Sonho e do Ideal é capaz não apenas de se proteger dos ataques do mundo (como o título do volume sugere), mas também de superar ("Passe, cantando") a destruição de tudo ("o tropel cabalístico da Morte"). Diante do desencanto com seu momento histórico, Cruz e Sousa concebe a civilização sob o estigma do tempo da Natureza, que tudo devora. Essa concepção da história naturalizada – segundo a qual todos os esforços da cultura culminarão no Nada – tem como contrapartida o ideal de que apenas a Arte, pura, vencerá o poder tirânico da Morte.

Sonho Branco

De linho e rosas brancas vais vestido,
Sonho virgem que cantas no meu peito!...
És do Luar o claro deus eleito,
Das estrelas puríssimas nascido.

Por caminho aromal, enflorescido,
Alvo, sereno, límpido, direito,
Segues radiante, no esplendor perfeito,
No perfeito esplendor indefinido...

As aves sonorizam-te o caminho...
E as vestes frescas, do mais puro linho
E as rosas brancas dão-te um ar nevado...

No entanto, ó Sonho branco de quermesse!
Nessa alegria em que tu vais, parece
Que vais infantilmente amortalhado!

Sonhador

Por sóis, por belos sóis alvissareiros,
Nos troféus do teu Sonho irás cantando,
As púrpuras romanas arrastando,
Engrinaldado de imortais loureiros.

5 Nobre guerreiro audaz entre os guerreiros,
Das Ideias as lanças sopesando,
Verás, a pouco e pouco, desfilando
Todos os teus desejos condoreiros...

Imaculado, sobre o lodo imundo,
10 Há de subir, com as vivas castidades,
Das tuas glórias o clarão profundo.

Há de subir, além de eternidades,
Diante do torvo crocitar do mundo,
Para o branco Sacrário das Saudades!

---

1 **alvissareiros:** que trazem boas notícias.
3 **púrpuras:** tecidos vermelhos, muito valorizados na Antiguidade por serem símbolos de poder real e eclesiástico; neste contexto, metonímia para *triunfo*.
4 **loureiros:** árvores cujas folhas, entre os antigos gregos e romanos, serviam à confecção das coroas dos vencedores; neste contexto, metáfora para *triunfo*.
6 **sopesar:** (por derivação de sentido) sustentar o peso de algo.
8 **condoreiros:** relativos ao condor, imensa ave; neste contexto, desejos elevados, grandiosos. No contexto cultural brasileiro, o termo remete à chamada terceira geração romântica, à poesia de cunho social e de imagens grandiosas, em estilo elevado, hiperbólico.
13 **torvo:** sombrio, pesado, negro, aterrorizante; **crocitar:** onomatopeia do som emitido por aves como o corvo e o abutre, pássaros associados à morte e à putrefação.
14 **Sacrário:** lugar onde se guardam objetos sagrados e, por extensão, os sentimentos mais íntimos e profundos.

Foederis Arca*

Visão que a luz dos Astros louros trazes,
Papoula real tecida de neblinas
Leves, etéreas, vaporosas, finas,
Com aromas de lírios e lilazes.

5　Brancura virgem do cristal das frases,
Neve serena das regiões alpinas,
Willis juncal de mãos alabastrinas,
De fugitivas correções vivazes.

Floresces no meu Verso como o trigo,
10　O trigo de ouro dentre o sol floresce
E és a suprema Religião que eu sigo...

O Missal dos Missais, que resplandece,
A igreja soberana que eu bendigo
E onde murmuro a solitária prece!...

---

*　**Foederis Arca**: do latim, "Arca da Aliança". Referência bíblica ao episódio do dilúvio (a inundação de toda a superfície terrestre), enviado por Deus para eliminar o mal da face do mundo. Noé e sua família têm a incumbência de construir uma arca em que também levarão um casal de cada espécie animal viva. Após o término das chuvas, Deus constrói a sua Arca no céu: o arco-íris.

7　**Willis**: nome dado às moças condenadas a saírem de seus túmulos (lenda da Boêmia); **alabastrinas**: relativas ao alabastro, pedras brancas, às vezes translúcidas.

12　**Missal**: livro que contém as principais orações de uma missa.

Post Mortem*

Quando do amor das Formas inefáveis
No teu sangue apagar-se a imensa chama,
Quando os brilhos estranhos e variáveis
Esmorecerem nos troféus da Fama.

5 Quando as níveas Estrelas invioláveis,
Doce velário que um luar derrama,
Nas clareiras azuis ilimitáveis
Clamarem tudo o que o teu Verso clama.

Já terás para os báratros descido,
10 Nos cilícios da Morte revestido,
Pés e faces e mãos e olhos gelados...

Mas os teus Sonhos e Visões e Poemas
Pelo alto ficarão de eras supremas
Nos relevos do Sol eternizados!

---

* **Post Mortem**: do latim, "depois da morte".
1 **inefáveis**: indizíveis devido à sua natureza sobre-humana; que não se pode nomear, dada a natureza, força ou beleza acima da natureza humana.
5 **níveas**: relativas a neve; brancas. (N.E.)
6 **velário**: toldo que, na Antiguidade, era utilizado para cobrir os anfiteatros, protegendo-os da chuva e do sol.
9 **báratros**: abismos e, por extensão, o próprio inferno.
10 **cilícios**: faixas de pano grosseiro usadas para penitência; por extensão, sacrifício ou mortificação a que alguém se sujeita voluntariamente.

COMENTÁRIO CRÍTICO

Esse poema é um soneto italiano: forma fixa, composta de 14 versos distribuídos em dois quartetos e dois tercetos, com esquema prefixado de rimas e versos metrificados (em geral decassílabos ou alexandrinos, isto é, versos com dez ou 12 sílabas poéticas). Seu emprego por Cruz e Sousa, ao longo de toda a sua obra, revela que partilhou, com outros simbolistas e parnasianos, o gosto pela retomada das formas clássicas, que haviam sido abandonadas pelo romantismo.

O emprego do soneto no parnasianismo e no simbolismo brasileiros não esconde, porém, as diferenças entre as duas escolas. No parnasianismo, a estrutura silogística do soneto clássico é seguida rigorosamente, num movimento que expõe os passos da lógica poética dedutiva, com a tese, a antítese e a síntese – a "chave de ouro", em geral no último terceto. Quanto aos temas parnasianos, consistem, sobretudo, em descrições de objetos raros ou cenas da História antiga. Estilisticamente, destacam-se o vocabulário, precioso, e a sintaxe com muitas inversões da ordem direta (hipérbatos, sínquises e anástrofes são os nomes das figuras de construção muito empregadas pelos parnasianos). Assim se rebuscava o tratamento estilístico em nome do que entendiam como "Arte pela Arte".

"Post Mortem" permite compreender como essa forma fixa clássica é trabalhada no decadentismo-simbolismo de Cruz e Sousa. Nesse soneto, Cruz e Sousa respeita as tradições do verso metrificado (decassílabos, neste caso), esquema fixo de rimas e apurado trabalho na sintaxe, com anástrofes e hipérbatos que dificultam a compreensão imediata. Em ordem direta, teríamos: "Quando a imensa chama do Amor das (pelas) Formas inefáveis se apagar no teu sangue [...] Quando as níveas Estrelas [...] clamarem tudo o que o teu Verso clama [...]"

Também o tema se desenvolve à maneira convencional, como um silogismo poético: apresentação da tese da morte futura, nos dois primeiros quartetos, a dedução lógica de que o corpo será aniquilado, no primeiro terceto, e a antítese de que a arte sobreviverá ao corpo do poeta, no último terceto.

É justamente no tema, porém, que surge a nota da originalidade. O assunto do poema remete ao repertório da chamada segunda geração romântica – tédio de viver, culto à morte –, que foi retomado pelos chamados "decadistas" brasileiros, influenciados pelos decadentistas franceses. Diante do que consideravam decadência da cultura europeia, os poetas europeus se autoproclamavam os "supercivilizados dos sentidos" e, contrapondo-se à mentalidade dominante, que confiava no futuro e no progresso da civilização capitalista, entoavam o horror ao ritmo da vida comum e o culto literário a todas as formas de subversão da moral burguesa (o elogio a Satã, às mulheres fatais, à homossexualidade e ao incesto). Apenas a arte se consagraria como o tema por excelência para fazer frente à falta de sentido da vida e ao triunfo da morte, que a todos arrasta.

Cruz e Sousa integra-se à temática dos "decadistas" e escolhe, nesse soneto, um determinado procedimento para desenvolvê-lo. Trata-se da atitude da apostrofação, muito comum na produção lírica desse poeta. Entenda-se por isso o fato de, no poema, o eu dirigir um apelo a alguém, como num diálogo teatral. A subjetividade lírica se desdobra num "tu", com quem dialoga, duplicando sua própria identidade. Assim, o eu, ao argumentar com um outro, consola também a si mesmo frente à inevitabilidade da morte, que lhe devorará os sonhos.

A estrutura paralelística das duas primeiras estrofes ("Quando...") apresenta, porém, um movimento em que, menos que a limitação humana diante da morte inexorável, o que está em causa são os ideais. Desde o início, o "tu" importa por ser o portador da "imensa chama do amor" pelas Formas inefáveis, invocadas no "Verso". Isto é, trata-se de um artista, cujo anseio é a transcendência, um defensor da Arte Pura, Ideal, simbolista. Ao dialogar com esse "tu", o sujeito lírico alivia a sua própria dor ao afirmar que a glória mundana é passageira ("os brilhos estranhos e variáveis" da Fama). Mesmo após a morte do poeta (em [quando] "no teu sangue apagar-se a imensa chama"), os versos permanecerão ecoando nos espaços simbólicos da eternidade (segundo quarteto).

No primeiro terceto, a corrupção da matéria é apresentada em quadro de forte evocação realística e profana. Tudo o que está vivo alimenta a Morte. Em vez de paraísos, há apenas os espaços infernais ("báratros"), onde o corpo se degrada. Mas, na antítese do último terceto, reafirma-se a certeza de que a Arte Pura continuará a brilhar, eternamente, indiferente à voracidade do tempo histórico e natural.

A defesa da Arte Ideal, nesse soneto, deixa à mostra as determinações históricas que a fizeram nascer. O anseio por glória, bem como a certeza da permanência da obra a despeito da recusa do público – aqui expressas indiretamente no símbolo dos "brilhos estranhos e variáveis" que "esmorecem" –, sugerem a resposta metafórica à recusa do público em reconhecer o valor do artista. O emblema da condição do poeta – sua maldição e seu orgulho – é a certeza de que a sua arte sobreviverá.

Música Misteriosa

    Tenda de Estrelas níveas, refulgentes,
    Que abris a doce luz de alampadários,
    As harmonias dos Estradivários
    Erram da Lua nos clarões dormentes...

5 Pelos raios fluídicos, diluentes
    Dos Astros, pelos trêmulos velários,
    Cantam Sonhos de místicos templários,
    De ermitões e de ascetas reverentes...

    Cânticos vagos, infinitos, aéreos
10 Fluir parecem dos Azuis etéreos,
    Dentre os nevoeiros do luar fluindo...

    E vai, de Estrela a Estrela, à luz da Lua,
    Na láctea claridade que flutua,
    A surdina das lágrimas subindo...

---

1 **níveas:** relativas a neve; brancas; **refulgentes:** muito brilhantes.
2 **alampadários:** (arcaísmo) grandes candelabros.
3 **Estradivários:** a famosa marca de violinos fabricados pelo italiano Antonius Stradivarius (1644-1732) aqui é empregada como metonímia para o instrumento. Note-se também a liberdade da grafia.
4 **errar:** andar sem rumo, vagar.
6 **velários:** toldos que, na Antiguidade, eram utilizados para cobrir os anfiteatros, protegendo-os da chuva e do sol.
7 **templários:** membros da ordem religioso-militar dos Cavaleiros do Templo, que defendem o Sepulcro de Cristo; aqui, os que defendem a Arte Pura.
8 **ascetas:** pessoas que se dedicam a orações, privações, mortificações, para autodesenvolvimento espiritual.
13 **láctea:** relativa ao leite, branca.

Acrobata da Dor

Gargalha, ri, num riso de tormenta,
Como um palhaço, que desengonçado,
Nervoso, ri, num riso absurdo, inflado
De uma ironia e de uma dor violenta.

5 Da gargalhada atroz, sanguinolenta,
Agita os guizos, e convulsionado
Salta, gavroche, salta clown, varado
Pelo estertor dessa agonia lenta...

Pedem-te bis e um bis não se despreza!
10 Vamos! retesa os músculos, retesa
Nessas macabras piruetas d'aço...

E embora caias sobre o chão, fremente,
Afogado em teu sangue estuoso e quente,
Ri! Coração, tristíssimo palhaço.

---

5   **atroz:** desumana, monstruosa, cruel.
7   **gavroche:** do francês, "garotos, meninos largados às ruas" (em Paris). Substantivo comum derivado do nome de um personagem de *Os miseráveis* (1862), do escritor francês Victor Hugo (1801-1885); **clown:** do inglês, "palhaço", cujas ações são sempre ingênuas, como se ele desconhecesse as regras sociais, e por isso provoca o riso de quem o contempla.
8   **estertor:** respiração ruidosa dos moribundos.
12   **fremente:** agitado, vibrante, tomado por emoções.
13   **estuoso:** que jorra abundantemente.

COMENTÁRIO CRÍTICO

Esse é um dos mais conhecidos poemas de Cruz e Sousa. Parte de sua popularidade se deve ao fato de nele se dramatizar a dor do Artista de maneira direta e emotiva, com grandes efeitos retóricos. Devido aos exageros melodramáticos e sentimentais, o poema foi considerado *kitsch* – palavra empregada pela crítica para identificar o que considera a falsa arte, que cai no agrado fácil do público de gosto mediano.

Independentemente, porém, do valor atribuído ao poema pela crítica especializada e pelo público, a análise de "Acrobata da Dor" permite que se compreenda um modo de construir as imagens. No diálogo que se estabelece com um "tu", o sujeito lírico exorta-o (vejam-se os verbos no imperativo) a prosseguir em sua atividade. A identificação desse interlocutor depende da compreensão do movimento das imagens. Inicialmente, ocorre o símile – figura de linguagem em que a comparação fica explicitada ("como um palhaço"). Seguem-se, então, as metáforas – figura de linguagem que estabelece uma transposição de significados, sem que o nexo comparativo fique à mostra (o "tu" é, conotativamente, "gavroche" e é *"clown"*, pois algo nele lembra a miséria dos meninos de rua e os gestos do palhaço que provocam o riso da plateia, apenas aludindo-se aos pontos comuns, sem que eles sejam explicados). Só ao final, com a presença da sinédoque – figura de linguagem em que a palavra empregada indica parte do todo do significado pretendido –, em "coração", revela-se que o diálogo do sujeito lírico é consigo mesmo. O "eu" é esse "tu", apresentado na sinédoque do "coração", a qual, por sua vez, retoma e amplia as significações das metáforas "gavroche" e *"clown"*, em "tristíssimo palhaço".

Assim, o soneto se constrói como uma representação das reflexões do eu consigo mesmo a respeito do lugar do artista na vida social. Como se trata de imagens em sequência – desde o título, "Acrobata" –, pode-se afirmar que o poema é uma alegoria. A alegoria é um modo de expressão poético em que uma coisa diz outra, por meio de uma sequência de imagens (acrobata, guizos de palhaço, gavroche, *clown*) que vão compondo a significação, diversa da que está expressa literalmente. Não se trata do sentido conotativo de apenas uma ou outra palavra. A totalidade do poema é uma superimagem que não encontra correspondência na realidade – rompendo, assim, os critérios da plausibilidade e da referência direta – e que cabe ao leitor "decifrar", passo a passo. Na transposição de sentidos desenvolvida nessa alegoria, sugere-se que o ambiente do circo se vincula, metaforicamente, ao mercado das artes na era burguesa. O público compra o ingresso (adquire o bem cultural) e quer divertir-se, sem considerar que o artista sofre para criar sua obra. O *clown* (palhaço ingênuo que faz rir por suas ingenuidades ou por não conhecer as regras da vida social) é expressão figurada do artista moderno que, em seu anseio pelo Ideal, faz rir àqueles que não o entendem. Ele nada fez para merecer o tratamento que lhe é dado, de onde decorre o aspecto trágico de seu destino. Sua ridicularização pelo público dá a medida de quanto o mundo histórico se tornou avesso aos apelos do Ideal. Por isso, também, nada resta a ele, que é movido por seus desejos mais íntimos (na sinédoque do "coração"), senão reagir com a "gargalhada atroz" que esconde a dor.

Tortura Eterna

Impotência cruel, ó vã tortura!
Ó Força inútil, ansiedade humana!
Ó círculos dantescos da loucura!
Ó luta, ó luta secular, insana!

5 Que tu não possas, Alma soberana,
Perpetuamente refulgir na Altura,
Na Aleluia da Luz, na clara Hosana
Do Sol, cantar, imortalmente pura.

Que tu não possas, Sentimento ardente,
10 Viver, vibrar nos brilhos do ar fremente,
Por entre as chamas, os clarões supernos.

Ó Sons intraduzíveis, Formas, Cores!...
Ah! que eu não possa eternizar as dores
Nos bronzes e nos mármores eternos!

---

3 **dantescos**: por extensão, infernais, horrendos, diabólicos. Originalmente, relativo ao escritor italiano, precursor do renascimento, Dante Alighieri (1265-1321), autor de *A divina comédia*, poema composto de três partes: "Inferno", "Purgatório" e "Paraíso".
4 **insana**: louca, insensata.
6 **refulgir**: brilhar com intensidade; distinguir-se.
7 **Hosana**: hino entoado no Domingo de Ramos; saudação de alegria e de louvor.
10 **fremente**: agitado, vibrante, apaixonado.
11 **supernos**: mais altos, os mais elevados; superiores.

De *Faróis* (1900)

Visão

Noiva de Satanás, Arte maldita,
Mago Fruto letal e proibido,
Sonâmbula do Além, do Indefinido
Das profundas paixões, Dor infinita.

5 Astro sombrio, luz amarga e aflita,
Das Ilusões tantálico gemido,
Virgem da Noite, do luar dorido,
Com toda a tua Dor oh! sê bendita!

Seja bendito esse clarão eterno
10 De sol, de sangue, de veneno e inferno,
De guerra e amor e ocasos de saudades...

Sejam benditas, imortalizadas
As almas castamente amortalhadas
Na tua estranha e branca Majestade!

---

1 **Noiva de Satanás:** neste contexto, a Arte Ideal. A referência a Satanás deve ser tomada em sentido simbólico, como imagem do anjo que, expulso dos céus, rebelou-se.

6 **tantálico:** tentado de modo cruel e penoso; suplício terrível relativo ao mito grego de Tântalo: tendo revelado aos homens segredos do Olimpo e trazido aos mortais o néctar e a ambrosia reservados aos deuses, Tântalo foi condenado a um sofrimento eterno – nunca consegue beber ou alimentar-se, pois a água e a comida afastam-se quando tenta aproximar-se delas.

7 **dorido:** dolorido.

13 **castamente:** com pureza e inocência.

Canção Negra*

A Nestor Vítor

Ó boca em tromba retorcida
Cuspindo injúrias para o Céu,
Aberta e pútrida ferida
Em tudo pondo igual labéu.

5 Ó boca em chamas, boca em chamas,
Da mais sinistra e negra voz,
Que clamas, clamas, clamas, clamas,
Num cataclismo estranho, atroz.

Ó boca em chagas, boca em chagas,
10 Somente anátemas a rir,
De tantas pragas, tantas pragas
Em catadupas a rugir.

Ó bocas de uivos e pedradas,
Visão histérica do Mal,
15 Cortando como mil facadas
Dum golpe só, transcendental.

Sublime boca sem pecado,
Cuspindo embora a lama e o pus,
Tudo a deixar transfigurado,

---

* Em contraposição às imagens do branco, muito frequentes em *Broquéis*, o poema afirma a imagem do negro como símbolo da rebelião contra os princípios e as convenções do mundo (branco) que o rejeita.
4 **labéu:** mancha infamante na reputação, desonra.
8 **cataclismo:** grande abalo na crosta terrestre, desastre ou mudança brusca na vida de alguém ou de um grupo social; **atroz:** desumano, monstruoso, cruel.
1, 5, 9 Atente-se para o processo de construção das imagens, em associações ("boca em tromba" para "boca em chamas"), e sonoro, com as paronomásias (em "boca em chamas" e "boca em chagas").
10 **anátemas:** maldições, excomunhões.
12 **catadupas:** quedas-d'água de altura considerável; jorros.
16 **transcendental:** que transcende a natureza física; metafísico, superior, sublime.
19 **transfigurado:** com outro aspecto, mudado. O significado da palavra na poética cruziana relaciona-se à imagem bíblica da transfiguração de Cristo depois de sua morte.

ANTOLOGIA POÉTICA 67

20 O lodo a transformar em luz.
Boca de ventos inclementes
De universais revoluções,
Alevantando as hostes quentes,
Os sanguinários batalhões.

25 Abençoada a canção velha
Que os lábios teus cantam assim
Na tua face que se engelha,
Da cor de lívido marfim.

Parece a furna do Castigo
30 Jorrando pragas na canção,
A tua boca de mendigo
Tão tosco como o teu bordão.

Boca fatal de torvos trenos!
Da onipotência do bom Deus,
35 Louvados sejam tais venenos,
Purificantes como os teus!

Tudo precisa um ferro em brasa
Para este mundo transformar...
Nos teus Anátemas põe asa
40 E vai no mundo praguejar!

Ó boca ideal de rudes trovas,
Do mais sangrento resplendor,
Vai reflorir todas as covas,
O facho a erguer da luz do Amor.

45 Nas vãs misérias deste mundo
Dos exorcismos cospe o fel...

---

23 **hostes:** tropas do exército; inimigos; bando, multidão.
27 **engelhar:** enrugar, encarquilhar-se.
29 **furna:** caverna, gruta, subterrâneo.
33 **torvos:** sombrios, pesados, negros, aterrorizantes; **trenos:** lamentos fúnebres.
46 **fel:** bile; sabor amargo, amargor.

Que as tuas pragas rasguem fundo
O coração desta Babel.

Mendigo estranho! Em toda a parte
50 Vai com teus gritos, com teus ais,
Como o simbólico estandarte
Das tredas convulsões mortais!

Resume todos esses travos
Que a terra fazem languescer,
55 Das mãos e pés arranca os cravos
Das cruzes mil de cada Ser.

A terra é mãe! — mas ébria e louca
Tem germens bons e germens vis...
Bendita seja a negra boca
60 Que tão malditas coisas diz!

---

48 **Babel**: referência bíblica ao local em que os homens foram punidos por Deus por terem ousado construir uma torre que chegasse até os céus; em sentido usual significa confusão, caos.
52 **tredas**: traidoras, traiçoeiras.
54 **languescer**: perder a vitalidade, definhar; estar sem forças.
55 **cravos**: pregos com que se fixavam as mãos e os pés dos condenados à cruz.

De *Últimos sonetos* (1905)

Supremo Verbo*

—Vai, Peregrino do caminho santo,
Faz da tu'alma lâmpada do cego,
Iluminando, pego sobre pego,
As invisíveis amplidões do Pranto.

5 Ei-lo, do Amor o cálix sacrossanto!
Bebe-o, feliz, nas tuas mãos o entrego...
És o filho leal, que eu não renego,
Que defendo nas dobras do meu manto.

Assim ao Poeta a Natureza fala!
10 Em quanto ele estremece ao escutá-la,
Transfigurado de emoção, sorrindo...

Sorrindo a céus que vão se desvendando,
A mundos que se vão multiplicando,
A portas de ouro que se vão abrindo!

---

* Referência ao Verbo Supremo, à palavra de Deus. Aqui, o poeta ocupa o lugar divino, no culto à Arte Pura.
3 **pego**: abismo no mar.
5 **cálix**: cálice.
11 **transfigurado**: com outro aspecto, mudado; o significado da palavra na poética cruziana relaciona-se à imagem bíblica da transfiguração de Cristo depois de sua morte.

O Soneto

Nas formas voluptuosas o Soneto
Tem fascinante, cálida fragrância
E as leves, langues curvas de elegância
De extravagante e mórbido esqueleto.

5 A graça nobre e grave do quarteto
Recebe a original intolerância,
Toda a sutil, secreta extravagância
Que transborda terceto por terceto.

E como um singular polichinelo
10 Ondula, ondeia, curioso e belo,
O Soneto, nas formas caprichosas.

As rimas dão-lhe a púrpura vetusta
E na mais rara procissão augusta
Surge o Sonho das almas dolorosas...

---

1 **voluptuosas:** devassas, libidinosas, lascivas.
3 **langues:** lânguidas, sem forças, cansadas; também significa lascivas, sensuais.
9 **polichinelo:** marionete.
12 **púrpura:** tecido vermelho, muito valorizado na Antiguidade por ser símbolo de poder real e eclesiástico; nesse contexto, metonímia para *triunfo*; **vetusta:** provinda de época muito antiga.
13 **augusta:** que merece respeito, venerável, solene, magnífica.

O Assinalado

Tu és o louco da imortal loucura,
O louco da loucura mais suprema.
A Terra é sempre a tua negra algema,
Prende-te nela a extrema Desventura.

Mas essa mesma algema de amargura,
Mas essa mesma Desventura extrema
Faz que tu'alma suplicando gema
E rebente em estrelas de ternura.

Tu és o Poeta, o grande Assinalado
Que povoas o mundo despovoado,
De belezas eternas, pouco a pouco...

Na Natureza prodigiosa e rica
Toda a audácia dos nervos justifica
Os teus espasmos imortais de louco!

---

14   **espasmos**: contrações involuntárias de músculos; paralisias; êxtases.

Visionários*

Armam batalhas pelo mundo adiante
Os que vagam no mundo visionários,
Abrindo as áureas portas de sacrários
Do Mistério soturno e palpitante.

5   O coração flameja a cada instante
Com brilho estranho, com fervores vários,
Sente a febre dos bons missionários
Da ardente catequese fecundante.

Os visionários vão buscar frescura
10   De água celeste na cisterna pura
Da Esperança por horas nebulosas...

Buscam frescura, um outro novo encanto...
E livres, belos através do pranto,
Falam baixo com as almas misteriosas!

---

*   **Visionários:** aqueles que têm ideias grandiosas, que acreditam em ideais. Aqui, o termo alude àqueles que concebem a poesia como uma forma de atingir os espaços transcendentes.
3   **sacrários:** lugares onde se guardam objetos sagrados e, por extensão, também os sentimentos mais íntimos e profundos.
5   **flamejar:** expelir chamas, brilhar intensamente.
8   **catequese:** doutrinação, explicação dos mistérios da fé e das coisas religiosas em geral.
10   **cisterna:** poço, depósito de água.

Demônios

A língua vil, ignívoma, purpúrea
Dos pecados mortais bava e braveja,
Com os seres impoluídos mercadeja,
Mordendo-os fundo, injúria sobre injúria.

5 É um grito infernal de atroz luxúria,
Dor de danados, dor do Caos que almeja
A toda alma serena que viceja,
Só fúria, fúria, fúria, fúria, fúria!

São pecados mortais feitos hirsutos
10 Demônios maus que os venenosos frutos
Morderam com volúpias de quem ama...

Vermes da Inveja, a lesma verde e oleosa,
Anões da Dor torcida e cancerosa,
Abortos de almas a sangrar na lama!

---

1 **ignívoma:** que vomita fogo.
2 **bavar:** babar; por extensão, salivar por irritação. A escolha de *bavar* pode estar relacionada aos efeitos aliterativos ("bava", "braveja"); **bravejar:** esbravejar, ofender, insultar.
5 **atroz:** desumana, monstruosa, cruel; **luxúria:** viço, magnificência, apetite sexual.
6 **Caos:** estado geral e desordenado antes da Criação; para a mitologia grega e a filosofia platônica, o vazio que precedeu a criação de todos os seres e do próprio Universo, mas que já continha a Alma do Mundo. (N.E.)
7 **vicejar:** germinar, desenvolver-se com força.
9 **hirsutos:** providos de cabelos e pelos longos desalinhados, ásperos, intratáveis.

Ódio Sagrado

Ó meu ódio, meu ódio majestoso,
Meu ódio santo e puro e benfazejo,
Unge-me a fronte com teu grande beijo,
Torna-me humilde e torna-me orgulhoso.

Humilde, com os humildes generoso,
Orgulhoso com os seres sem Desejo,
Sem Bondade, sem Fé e sem lampejo
De sol fecundador e carinhoso.

Ó meu ódio, meu lábaro bendito,
Da minh'alma agitado no infinito,
Através de outros lábaros sagrados.

Ódio são, ódio bom! sê meu escudo
Contra os vilões do Amor, que infamam tudo,
Das sete torres dos mortais Pecados!

---

3   **ungir:** aplicar óleos sagrados sobre a fronte.
9   **lábaro:** estandarte das legiões romanas; bandeira.

Cavador do Infinito

Com a lâmpada do Sonho desce aflito
E sobe aos mundos mais imponderáveis,
Vai abafando as queixas implacáveis,
Da alma o profundo e soluçado grito.

5 Ânsias, Desejos, tudo a fogo escrito
Sente, em redor, nos astros inefáveis.
Cava nas fundas eras insondáveis
O cavador do trágico Infinito.

E quanto mais pelo Infinito cava
10 Mais o Infinito se transforma em lava
E o cavador se perde nas distâncias...

Alto levanta a lâmpada do Sonho
E com seu vulto pálido e tristonho
Cava os abismos das eternas ânsias!

---

2   **imponderáveis:** os que não podem ser pesados ou avaliados.
6   **inefáveis:** indizíveis devido à sua natureza sobre-humana; que não se podem nomear, dada a natureza, força ou beleza acima da natureza humana.
10 **lava:** substância que resulta da erupção vulcânica do magma.

Clamor Supremo*

Vem comigo por estas cordilheiras!
Põe teu manto e bordão e vem comigo,
Atravessa as montanhas sobranceiras
E nada temas do mortal Perigo!

5 Sigamos para as guerras condoreiras!
Vem, resoluto, que eu irei contigo
Dentre as águias e as chamas feiticeiras,
Só tendo a Natureza por abrigo.

Rasga florestas, bebe o sangue todo
10 Da Terra e transfigura em astros lodo,
O próprio lodo torna mais fecundo.

Basta trazer um coração perfeito,
Alma de eleito, Sentimento eleito
Para abalar de lado a lado o mundo!

---

* **Clamor:** pedido ou queixa proferida em voz alta.
2 **bordão:** bastão, cajado.
3 **sobranceiras:** elevadas.
5 **condoreiras:** relativas ao condor, imensas aves; neste contexto, guerras elevadas, grandiosas, sublimes, em nome da Arte Pura. No contexto cultural brasileiro, o termo remete à chamada terceira geração romântica, à poesia de cunho social e de imagens grandiosas, em estilo elevado, hiperbólico.

II. DESEJO E ANIQUILAÇÃO

A reunião dos poemas desta seção focaliza o tema erótico. Muitas vezes nos apropriamos desse termo para nos referirmos apenas ao desejo sexual. No entanto, os significados de Eros — nome que conota o anseio amoroso e que decorre do mito grego — são mais amplos. Em Cruz e Sousa, podemos acompanhar o erotismo da carne (o desejo sexual), o erotismo do coração (o amor espiritual à mulher, à família, à humanidade) e o erotismo sagrado (o amor que anseia pela comunhão do indivíduo na totalidade). Em suas três faces, a poesia erótica de Cruz e Sousa sugere a procura por dissolver os limites da individualidade e conjugar-se ao Outro, seja ele o corpo, o espírito ou a totalidade cósmica. Em sua luta pelo ideal, desejo e irrealização estarão conjugados.

De *Broquéis* (1893)

Lésbia*

Cróton selvagem, tinhorão lascivo,
Planta mortal, carnívora, sangrenta,
Da tua carne báquica rebenta
A vermelha explosão de um sangue vivo.

5 Nesse lábio mordente e convulsivo,
Ri, ri risadas de expressão violenta
O Amor, trágico e triste, e passa, lenta,
A morte, o espasmo gélido, aflitivo...

Lésbia nervosa, fascinante e doente,
10 Cruel e demoníaca serpente
Das flamejantes atrações do gozo.

Dos teus seios acídulos, amargos,
Fluem capros aromas e os letargos,
Os ópios de um luar tuberculoso...

---

* **Lésbia**: nome (fictício) da musa do poeta romano Catulo (84 a.C.-54 a.C.). A acepção de "mulher homossexual" decorre dos fatos, bem como das lendas, a respeito da ilha de Lesbos (na Grécia antiga), onde teria vivido Safo, poetisa que entoou em suas odes o elogio ao amor entre mulheres.

1   **cróton**: arbusto com folhas e flores de cores e tamanhos variados; **tinhorão**: erva de folhas oblongas, muito venenosa; **lascivo**: voluptuoso, em que há desejo sexual.

3   **báquica**: relativa a Baco, deus romano do vinho e da liberação da sexualidade; por extensão, em que há orgia e embriaguez.

11   **flamejantes**: que lançam chamas, que queimam, que brilham intensamente.

13   **capros**: relativos ao bode; termo também usado para designar o que exala cheiro forte, o que está associado ao libidinoso e ao lascivo; **letargos**: estados de profunda inconsciência, apatia, incapacidade de expressar emoções.

14   **ópios**: narcóticos extraídos da papoula, com efeito anestesiante e hipnótico.

Lubricidade*

Quisera ser a serpe venenosa
Que dá-te medo e dá-te pesadelos
Para envolver-me, ó Flor maravilhosa,
Nos flavos turbilhões dos teus cabelos.

5 Quisera ser a serpe veludosa
Para, enroscada em múltiplos novelos,
Saltar-te aos seios de fluidez cheirosa
E babujá-los e depois mordê-los...

Talvez que o sangue impuro e flamejante
10 Do teu lânguido corpo de bacante,
Da langue ondulação de águas do Reno

Estranhamente se purificasse...
Pois que um veneno de áspide vorace
Deve ser morto com igual veneno...

---

* **Lubricidade:** luxúria, sensualidade, excitação.
1 **serpe:** serpente.
4 **flavos:** amarelados, dourados.
8 **babujar:** sujar, lambuzar.
9 **flamejante:** que lança chamas, que queima, que brilha intensamente.
10 **lânguido:** sem força, cansado, também significa lascivo, sensual; **bacante:** sacerdotisa do culto de Baco (deus romano do vinho e da sensualidade); por extensão, mulher sensual.
13 **áspide:** tipo de serpente; **vorace:** devorador, insaciável, destrutivo.

COMENTÁRIO CRÍTICO

Esse soneto chama a atenção pelo tratamento direto dado ao desejo sexual. Apresenta o tema erótico de maneira crua, "realista", como fizeram poetas decadentistas europeus e brasileiros.

Desde o título, o tema sexual se coloca de modo ousado para os padrões da época. O sujeito lírico contempla uma figura feminina, sensual, que lhe desperta violentamente os desejos. Mas, como se pode ver na estrutura paralelística do primeiro e do segundo quartetos, trata-se de algo apenas sonhado, não passível de realização.

A ambiguidade e a polissemia são procedimentos que conferem ao poema sua força, exatamente porque, por meio delas, alude-se a significados proibidos nas convenções literárias da poesia séria da época. Os desejos sexuais estão metaforizados na figura da "serpe", com as conotações que daí advêm. Na tradição judaico-cristã, a serpente é símbolo das tentações diabólicas, que trazem a perda do Bem. Além disso, a imagem da "serpe" alude à forma fálica. A palavra serpe, por sua vez, gera um jogo verbal aliterativo, bastante típico do movimento simbolista: "ser serpe", e "serpe venenosa" e "serpe veludosa" (versos 1 e 5), o que traz novas ambivalências, na reunião paradoxal entre algo que contamina (veneno) com suavidade tátil (veludo). Desse modo, a fantasia de "ser serpe" sugere o que o sujeito lírico deseja seja como poeta, que aspira à linguagem musical, seja como homem, de possuir a mulher e inseminar-lhe o líquido vital.

Os vários sentidos que se desprendem das palavras indicam, assim, que a sexualidade é apresentada como o Mal desejado. O sujeito lírico fantasia o gozo carnal com a mulher que ele contempla, como se entrevê na figuração de partes do corpo feminino (inicialmente "cabelos", depois "seios" – numa clara incorporação das imagens eróticas de Baudelaire em *As flores do mal*). O devaneio do *voyeur* é também sádico, pois inclui a ânsia da devoração (morder os seios, verso 8). O ímpeto destrutivo alude ao desejo de dominar a mulher, para que ela se submeta ao poder demoníaco e tentador da serpente; num outro nível, aponta para impulsos regressivos de incorporar o corpo do outro a si mesmo.

No entanto, o sujeito lírico não está com a mulher; apenas devaneia com ela, a partir da contemplação à distância: a caracterização dessa mulher indicia também que não se pode tê-la. Se a mulher loira é convencionalmente a mulher desejada, nesse poema se trata de uma branca desejada pelo poeta negro, numa época de segregação racial. A ânsia de destruir o que se deseja (e não se pode ter) encontra aqui uma explicação com fundamento na biografia.

Mas a biografia não explica a beleza do poema. Por isso, é importante que retomemos as imagens de transgressão (serpe, seios, morder), que revelam o refinamento da incorporação dos temas europeus e o tratamento particular que Cruz e Sousa lhes dá.

No andamento do soneto, o anseio erótico-destrutivo se atenua e cede lugar a uma justificativa: a bacante, dedicada ao culto erótico, tem de ser eliminada, pois convida os homens aos pecaminosos prazeres da carne. É com o impulso moral que se legitima o desejo sexual. Na chave de ouro (nos dois últimos versos), o corpo feminino – venenoso e atraente – seria destruído, na fantasia erótica, pelo veneno da serpente. Assim, a conjunção carnal "venenosa" seria corrigida com a destruição do corpo desejável.

Carnal e Místico

Pelas regiões tenuíssimas da bruma
Vagam as Virgens e as Estrelas raras...
Como que o leve aroma das searas
Todo o horizonte em derredor perfuma.

5 N'uma evaporação de branca espuma
Vão diluindo as perspectivas claras...
Com brilhos crus e fúlgidos de tiaras
As Estrelas apagam-se uma a uma.

E então, na treva, em místicas dormências,
10 Desfila, com sidéreas lactescências,
Das Virgens o sonâmbulo cortejo...

Ó Formas vagas, nebulosidades!
Essência das eternas virgindades!
Ó intensas quimeras do Desejo...

---

7   **fúlgidos**: brilhantes.
10 **sidéreas**: relativas às estrelas, aos astros; **lactescências**: brancuras; qualidades do que é leitoso.
14 **quimeras**: sonhos, ilusões; também aquilo que causa horror.

Encarnação

Carnais, sejam carnais tantos desejos,
Carnais, sejam carnais tantos anseios,
Palpitações e frêmitos e enleios,
Das harpas da emoção tantos arpejos...

5 Sonhos, que vão, por trêmulos adejos,
À noite, ao luar, intumescer os seios
Lácteos, de finos e azulados veios
De virgindade, de pudor, de pejos...

Sejam carnais todos os sonhos brumos
10 De estranhos, vagos, estrelados rumos
Onde as Visões do amor dormem geladas...

Sonhos, palpitações, desejos e ânsias
Formem, com claridades e fragrâncias,
A encarnação das lívidas Amadas!

---

3 **frêmitos**: ruídos surdos, movimentos ondulatórios que produzem ruídos ligeiros; **enleios**: arrebatamentos, envolvimentos, enredamentos.
4 **arpejos**: acordes em que as notas são tocadas em modulação continuada ou em sequência.
5 **adejos**: agitação das asas para que o voo se mantenha.
8 **pejos**: pudores, vergonhas.
9 **brumos**: sombrios, pouco luminosos.

Afra*

Ressurges dos mistérios da luxúria,
Afra, tentada pelos verdes pomos,
Entre os silfos magnéticos e os gnomos
Maravilhosos da paixão purpúrea.

5 Carne explosiva em pólvoras e fúria
De desejos pagãos, por entre assomos
Da virgindade — casquinantes momos
Rindo da carne já votada à incúria.

Votada cedo ao lânguido abandono,
10 Aos mórbidos delíquios como ao sono,
Do gozo haurindo os venenosos sucos.

Sonho-te a deusa das lascivas pompas,
A proclamar, impávida, por trompas,
Amores mais estéreis que os eunucos!

---

* **Afra:** relativo aos afros, antigo povo da África que deu origem ao nome do continente.
1 **luxúria:** viço, magnificência; apetite sexual.
2 **pomos:** frutos; seios de mulher.
3 **silfos:** gênios do ar.
6 **assomos:** impulsos, vontades fortes.
7 **casquinantes:** que riem muito, em tom zombeteiro; *momos:* zombarias (originalmente, o momo é um tipo de encenação com máscaras).
8 **incúria:** falta de cuidados ou de iniciativa, negligência.
9 **lânguido:** abatido; doentio; sensual.
10 **delíquios:** desfalecimentos, desmaios.
11 **haurir:** absorver por inalação, beber, sorver.
12 **lascivas:** voluptuosas, em que há desejo sexual.
13 **impávida:** que não tem ou não demonstra medo, corajosa.
14 **eunucos:** homens castrados cujo dever é proteger as mulheres do harém; por extensão, indivíduo impotente.

COMENTÁRIO CRÍTICO

Diferentemente de muitos versos de Cruz e Sousa em que se cantam as mulheres loiras e palidamente doentias, nesse soneto se entoa o elogio à mulher africana. Desde o título, a mulher e o continente negro se mesclam numa só imagem: Afra.

No momento histórico em que o poema foi escrito, a pseudociência determinista estava em plena vigência. Para o determinismo, os negros eram inferiores aos brancos e, por razões de ordem racial e climática, estariam mais inclinados à luxúria. Pouco propensos à atividade intelectual, sua contribuição à sociedade se daria pela força corporal, pelos trabalhos braçais. Sua cultura, bárbara e primitiva (como eram considerados seus mitos pagãos e a música tribal), em nada contribuiria para o desenvolvimento da civilização ocidental.

Além desse olhar para o negro, considerado científico, havia também certo imaginário cristão que justificava miticamente os sofrimentos dos africanos por meio de um erro ancestral, tal como vem relatado no Gênesis bíblico. Cam, filho de Noé, teria visto seu pai nu. Como exigiam os preceitos morais, foi amaldiçoado por Noé, que o condenou, bem como a toda a sua descendência, a serem os "últimos dos escravos".

Esse poema inverte os valores dados pelas duas configurações ideológicas que pretendiam justificar a dominação sobre os negros. Tudo aquilo que, no mundo histórico, considerava-se inferioridade, no poema se torna emblema de superioridade: o paganismo, a luxúria, a primitividade.

A mulher-continente, que contém todos os desejos do sujeito lírico, e o continente-mulher, que representa simbolicamente outra cultura (não cristã, em que a luxúria é símbolo da vida liberta das pressões morais), são apresentados como o Ideal do sujeito lírico. Ele quer ver ressurgir (verso 1) uma civilização livre dessa ordem moral e, principalmente, dos estigmas da inferioridade. Numa espécie de Jardim do Éden demoníaco, a mulher-continente habita um mundo em que o subterrâneo vem à tona: os anseios se realizam, os frutos não são proibidos, as paixões podem ser vividas.

No poema, a África mítica, ansiada pelo sujeito lírico, é a terra da liberdade, do gozo e do riso, que ousa até mesmo insinuar a imagem da sexualidade livre da reprodução (verso 14), pedra de toque da religiosidade cristã e na contracorrente da moralidade ocidental.

O fato de Cruz e Sousa já conhecer Gavita – a mulher negra com quem se casaria meses depois do lançamento de *Broquéis* – não limita o alcance do poema ao dado estritamente biográfico, pois sua beleza está nas imagens que constrói. Além disso, fica claro com esse soneto que, já em 1893, a poesia das "imagens do branco" e das mulheres loiras, inacessíveis, cedia lugar à "poesia da noite" e ao canto à mulher negra.

Dança do Ventre

Torva, febril, torcicolosamente,
Numa espiral de elétricos volteios,
Na cabeça, nos olhos e nos seios
Fluíam-lhe os venenos da serpente.

5 Ah! que agonia tenebrosa e ardente!
Que convulsões, que lúbricos anseios,
Quanta volúpia e quantos bamboleios,
Que brusco e horrível sensualismo quente.

O ventre, em pinchos, empinava todo
10 Como réptil abjecto sobre o lodo,
Espolinhando e retorcido em fúria.

Era a dança macabra e multiforme
De um verme estranho, colossal, enorme,
Do demônio sangrento da luxúria!

---

1   **torva**: sombria, pesada, negra, aterrorizante (neste caso, usado com função adverbial); **torcicolosamente**: neologismo que designa modo de menear a cabeça, produzindo torção do pescoço.
6   **lúbricos**: lascivos, sensuais.
9   **pinchos**: saltos, pulos.
10 **abjecto**: imundo, desprezível.
11 **espolinhar**: revolver-se no chão.
14 **luxúria**: viço, magnificência; apetite sexual.

Serpente de Cabelos

A tua trança negra e desmanchada
Por sobre o corpo nu, torso inteiriço,
Claro, radiante de esplendor e viço,
Ah! lembra a noite de astros apagada.

Luxúria deslumbrante e aveludada
Através desse mármore maciço
Da carne, o meu olhar nela espreguiço
Felinamente, nessa trança ondeada.

E fico absorto, num torpor de coma,
Na sensação narcótica do aroma,
Dentre a vertigem túrbida dos zelos.

És a origem do Mal, és a nervosa
Serpente tentadora e tenebrosa,
Tenebrosa serpente de cabelos!...

---

2 **torso:** representação parcial do corpo humano, sem a cabeça e os membros.
3 **viço:** força e vigor (das plantas); excesso de carinho, mimo.
5 **luxúria:** viço, magnificência; apetite sexual.
9 **coma:** no gênero feminino significa cabeleira; no masculino, indica um estado de perda da consciência, dos movimentos voluntários e da sensibilidade. Ambos os sentidos valem no contexto desses versos. "Torpor de coma" pode designar tanto o inebriamento produzido pela contemplação dos cabelos quanto a perda da consciência a que leva o desejo sexual.
11 **túrbida:** turva, sombria; por extensão, aquilo que traz algum tipo de inquietação.

ANTOLOGIA POÉTICA 91

De *Faróis* (1900)

Monja Negra*

É teu esse espaço, é teu todo o Infinito,
Transcendente Visão das lágrimas nascida,
Bendito o teu sentir, para sempre bendito
Todo o teu divagar na Esfera indefinida!

5 Através de teu luto as estrelas meditam
Maravilhosamente e vaporosamente;
Como olhos celestiais dos Arcanjos nos fitam
Lá do fundo negror do teu luto plangente.

Almas sem rumo já, corações sem destino
10 Vão em busca de ti, por vastidões incertas...
E no teu sonho astral, mago e luciferino,
Encontram para o amor grandes portas abertas.

Cândida Flor que aroma e tudo purifica,
Trazes sempre contigo as sutis virgindades
15 E uma caudal preciosa, interminável, rica,
De raras sugestões e curiosidades.

As belezas do mito, as grinaldas de louro,
Os priscos ouropéis, os símbolos já vagos,
Tudo forma o painel de um velho fundo de ouro
20 De onde surges enfim como as visões dos lagos.

Certa graça cristã, certo excelso abandono
De Deusa que emigrou de regiões de outrora,
Certo aéreo sentir de esquecimento e outono,
Trazem-te as emoções de quem medita e chora.

---

*   **Monja:** religiosa que vive em mosteiro; por extensão, pessoa que se afasta da vida em sociedade.
8   **plangente:** que se lastima ou chora.
15 **caudal:** rio que jorra em abundância; corrente.
18 **priscos:** que pertencem a tempos remotos; **ouropéis:** ligas metálicas que imitam ouro; por extensão, brilhos falsos, aparentes.

És o imenso crisol, és o crisol profundo
Onde se cristalizam todas as belezas,
És o néctar da Fé, de que eu melhor me inundo,
Ó néctar divinal das místicas purezas.

Ó Monja soluçante! Ó Monja soluçante,
Ó Monja do Perdão, da paz e da clemência,
Leva para bem longe este Desejo errante,
Desta febre letal toda secreta essência.

Nos teus golfos de Além, nos lagos taciturnos,
Nos pelagos sem fim, vorazes e medonhos,
Abafa para sempre os soluços noturnos,
E as dilacerações dos formidáveis Sonhos!

Não sei que Anjo fatal, que Satã fugitivo,
Que gênios infernais, magnéticos, sombrios,
Deram-te as amplidões e o sentimento vivo
Do mistério com todos os seus calafrios...

A lua vem te dar mais trágica amargura,
E mais desolação e mais melancolia,
E as estrelas, do céu na Eucaristia pura,
Têm a mágoa velada da Virgem Maria.

Ah! Noite original, noite desconsolada,
Monja da solidão, espiritual e augusta,
Onde fica o teu reino, a região vedada,
A região secreta, a região vetusta?!

Almas dos que não têm o Refúgio supremo
De altas contemplações, dos mais altos mistérios,

---

25   **crisol:** recipiente utilizado para misturar substâncias químicas, cadinho; por derivação, lugar em que se evidenciam as melhores qualidades de algo; lugar apropriado para apurar sentimentos.
33   **taciturnos:** melancólicos, tristes, sombrios, macabros.
34   **pelagos:** abismos do oceano.
43   **Eucaristia:** sacramento central da Igreja Católica, em que pão e vinho se transubstanciam no corpo e no sangue de Cristo.
48   **vetusta:** remota, muito antiga.

Vinde sentir da Noite o Isolamento extremo,
Os fluidos imortais, angelicais, etéreos.

Vinde ver como são mais castos e mais belos,
Mais puros que os do dia os noturnos vapores:
55 Por toda a parte no ar levantam-se castelos
E nos parques do céu há quermesses de amores.

Volúpias, seduções, encantos feiticeiros
Andam a embalsamar teu seio tenebroso
E as águias da Ilusão, de voos altaneiros,
60 Crivam de asas triunfais o horizonte onduloso.

Cavaleiros do Ideal, de erguida lança em riste,
Sonham, a percorrer teus velhos Paços cavos...
E esse nobre esplendor de majestade triste
Recebe outros lauréis mais bizarros e bravos.

65 Convulsivas paixões, convulsivas nevroses,
Recordações senis nos teus aspectos vagam,
Mil alucinações, mortas apoteoses
E mil filtros sutis que mornamente embriagam.

Ó grande Monja negra e transfiguradora,
70 Magia sem igual dos paramos eternos,
Quem assim te criou, selvagem Sonhadora,
Da carícia de céus e do negror d'infernos?

Quem auréolas te deu assim miraculosas
E todo o estranho assombro e todo o estranho medo,
75 Quem pôs na tua treva ondulações nervosas,
E mudez e silêncio e sombras e segredo?

---

62 **cavos:** côncavos, fundos, cavernosos.
64 **lauréis:** coroas de louros, indicativos de triunfo e vitória; **bizarros:** dignos de admiração e louvor (culto); extravagantes, excêntricos (informal).
65 **nevroses:** perturbações psíquicas, ultrassensibilidade.
67 **apoteoses:** momentos finais de certos espetáculos teatrais, caracterizados pela grandiosidade; na origem, cerimônia de divinização de imperadores e heróis dignos de louvor público.
70 **paramos:** planaltos desertos, abóbadas celestes.

Mas ah! quanto consolo andar errando, errando,
Perdido no teu Bem, perdido nos teus braços,
Nos noivados da Morte andar além sonhando,
80   Na unção sacramental dos teus negros Espaços!

Que glorioso troféu andar assim perdido
Na larga vastidão do mudo firmamento,
Na noite virginal ocultamente ungido,
Nas transfigurações do humano sentimento!

85   Faz descer sobre mim os brandos véus da calma,
Sinfonia da Dor, ó Sinfonia muda,
Voz de todo o meu Sonho, ó noiva da minh'alma,
Fantasma inspirador das Religiões de Buda.

Ó negra Monja triste, ó grande Soberana,
90   Tentadora Visão que me seduzes tanto,
Abençoa meu ser no teu doce Nirvana,
No teu Sepulcro ideal de desolado encanto!

Hóstia negra e feral da comunhão dos mortos,
Noite criadora, mãe dos gnomos, dos vampiros,
95   Passageira senil dos encantados portos,
Ó cego sem bordão da torre dos suspiros...

Abençoa meu ser, unge-o dos óleos castos,
Enche-o de turbilhões de sonâmbulas aves,
Para eu me difundir nos teus Sacrários vastos,
100   Para me consolar com os teus Silêncios graves.

---

77   **errar:** andar sem rumo, vagar.
88   **Buda:** termo que significa "O iluminado" e foi dado a Sidarta Gautama (563?-483? a.C.), o fundador do budismo, sistema filosófico e religioso indiano que considera o sofrimento a condição fundamental de toda existência e crê na possibilidade de superá-lo por meio da obtenção de um estado de bem-
-aventurança integral, o Nirvana.
91   **Nirvana:** no budismo, extinção total do sofrimento humano por meio da supressão do desejo e do apego à individualidade.
93   **feral:** sinistra, lúgubre, funérea.
99   **Sacrários:** lugares onde se guardam os objetos sagrados; por extensão, lugares onde estão os sentimentos mais íntimos e profundos.

COMENTÁRIO CRÍTICO

"Monja Negra" é um dos poemas mais representativos do erotismo sagrado: a subjetividade lírica deseja aniquilar sua individualidade fundindo-se ao corpo cósmico, aos grandes espaços da Mãe-Natureza. Também ilustra com perfeição a "poesia da noite", negra, contraposta a *Broquéis*, em que dominam as imagens do branco e da luminosidade lunar.

O sujeito lírico, retirado da agitação mundana, busca consolo na Natureza, metaforizada como espaço que dá acesso ao culto e à transcendência. A noite é apresentada como imagem religiosa: a "Monja", religiosa afastada do convívio social, "Negra" – um espaço sem a luminosidade do luar – leva a regiões ou a anseios transcendentais. Ambivalente, essa "Monja" é a um só tempo a noite escura e a visão do eu projetada na Natureza ("Transcendente Visão das lágrimas nascida"). O procedimento, conhecido como correlato objetivo, significa que a realidade exterior (a noite) interessa, na poética simbolista, como alusão ao que o sujeito lírico sente e projeta como algo fora dele. O espaço cósmico é, assim, o símbolo do anseio por superar as limitações da vida empírica e afastar-se da sociedade.

Dirigindo-se a todo o Cosmos, presidido pela noite-Monja (primeira estrofe), o eu apresenta-lhe as dores e os horrores em que estão aqueles que não atingiram a dissolução erótico-sagrada e vagam em busca de proteção. Nessa noite ideal, todas as belezas podem ser encontradas (estrofes 4 a 7), e é a ela que a subjetividade suplica a saciação de seus desejos (estrofes 8 e 9).

A noite primitiva e anticristã (estrofes 23, 24 e 25), sacrílega e blasfema, acolhe os desejos dos malditos e transfigura demoniacamente a hóstia (no verso 93, da estrofe 24), na comunhão com a morte, e não com a vida. Mas ela também é alvo da dúvida do eu, que não consegue alcançá-la (estrofe 12). Nascida da dor, a noite-Monja não tem a realidade desejada pelo sujeito. Por mais que o sujeito invoque os que, como ele, aspiram ao Ideal (estrofe 13), por mais que sua fantasia visionária imagine o reino apaziguado da Noite mágica (estrofes 14 a 19), por mais que ela lhe propicie o consolo da busca, a Noite não responde. A subjetividade anseia dissolver-se no nada, mas tudo se congela no apelo que não obtém resposta.

A aventura na Noite não traz ao sujeito lírico a realização do seu desejo de dissipar-se no Nirvana (verso 91), que suprime a dor individual e a vontade. A referência poética ao Nirvana revela a influência das leituras do filósofo alemão Schopenhauer

(1788-1860), para quem a "vontade" humana é cega. Impulsionando-nos para todo tipo de empreendimentos e para a conquista material do mundo, ela traz o fracasso. Para esse filósofo, todo desejo satisfeito implica muitos outros insatisfeitos. O repouso só chegaria com a supressão da vontade individual.

Inexorável*

Ó meu Amor, que já morreste,
Ó meu Amor, que morta estás!
Lá nessa cova a que desceste,
Ó meu Amor, que já morreste,
5   Ah! nunca mais florescerás?!

Ao teu esquálido esqueleto,
Que tinha outrora de uma flor
A graça e o encanto do amuleto;
Ao teu esquálido esqueleto
10 Não voltará novo esplendor?!

E ah! o teu crânio sem cabelos,
Sinistro, seco, estéril, nu...
(Belas madeixas dos meus zelos!)
E ah! o teu crânio sem cabelos
15 Há de ficar como estás tu?!

O teu nariz de asa redonda,
De linhas límpidas, sutis
Oh! há de ser na lama hedionda
O teu nariz de asa redonda
20 Comido pelos vermes vis?!

Os teus dois olhos — dois encantos —
De tudo, enfim, maravilhar,
Sacrário augusto dos teus prantos,
Os teus dois olhos — dois encantos —
25 Em dois buracos vão ficar?!

---

* **Inexorável:** aquilo que não cede a súplicas ou pedidos, inflexível, implacável.
6   **esquálido:** magro, depauperado; por extensão, imundo.
13 **madeixas:** mechas de cabelos encaracolados ou trançados.
23 **sacrário:** lugar onde se guardam os objetos sagrados; por extensão, lugar onde estão os sentimentos mais íntimos e profundos.

A tua boca perfumosa
O céu do néctar sensual,
Tão casta, fresca e luminosa,
A tua boca perfumosa
30 Vai ter o cancro sepulcral?!

As tuas mãos de nívea seda,
De veias cândidas e azuis
Vão se extinguir na noite treda
As tuas mãos de nívea seda,
35 Lá nesses lúgubres pauis?!

As tuas tentadoras pomas
Cheias de um magnífico elixir,
De quentes, cálidos aromas,
As tuas tentadoras pomas
40 Ah! nunca mais hão de florir?!

A essência virgem da beleza,
O gesto, o andar, o sol da voz
Que Iluminava de pureza,
A essência virgem da beleza,
45 Tudo acabou no horror atroz?!

Na funda treva dessa cova,
Na inexorável podridão
Já te apagaste, Estrela nova,
Na funda treva dessa cova
50 Na negra Transfiguração!

---

33 **treda:** traiçoeira, traidora.
35 **pauis:** pântanos.
36 **pomas:** frutas; seios de mulher.
50 **Transfiguração:** mudança, metamorfose. O significado da palavra na poética cruziana relaciona-se à imagem bíblica da transfiguração de Cristo depois de sua morte.

Ressurreição*

Alma! Que tu não chores e não gemas,
   Teu amor voltou agora.
Ei-lo que chega das mansões extremas,
   Lá onde a loucura mora!

5 Veio mesmo mais belo e estranho, acaso,
   Desses lívidos países,
Mágica flor a rebentar de um vaso
   Com prodigiosas raízes.

Veio transfigurada e mais formosa
10   Essa ingênua natureza,
Mais ágil, mais delgada, mais nervosa,
   Das essências da Beleza.

Certo neblinamento de saudade
   Mórbida envolve-a de leve...
15 E essa diluente espiritualidade
   Certos mistérios descreve.

O meu Amor voltou de aéreas curvas,
   Das paragens mais funestas...
Veio de percorrer torvas e turvas
20   E funambulescas festas.

As festas turvas e funambulescas
   Da exótica Fantasia,
Por plagas cabalísticas, dantescas,
   De estranha selvageria.

---

* Este poema é claramente inspirado no retorno ao lar da esposa de Cruz e Sousa, Gavita, depois de ter sido internada em um hospício, em 1896, onde eram recolhidos principalmente os negros considerados insanos. O episódio tem outra versão num importante poema em prosa: "Balada de loucos", de *Evocações*.

18 **funestas**: tristes, lamentáveis; que trazem a morte ou a pressagiam.
19 **torvas**: sombrias, pesadas, negras, aterrorizantes.
20 **funambulescas**: que se equilibram na corda bamba; por extensão, extravagantes.
23 **plagas**: regiões; **cabalísticas**: secretas, enigmáticas, relativas à Cabala, sistema religioso-filosófico de origem judaica; **dantescas**: pavorosas, diabólicas.

Onde carrascos de tremendo aspecto
    Como atros monstros circulam
E as meigas almas de sonhar inquieto
    Barbaramente estrangulam.

Ele andou pelas plagas da loucura,
    O meu Amor abençoado,
Banhado na poesia da Ternura,
    No meu Afeto banhado.

Andou! Mas afinal de tudo veio
    Mais transfigurado e belo,
Repousar no meu seio o próprio seio
    Que eu de lágrimas estrelo.

De lágrimas d'encanto e ardentes beijos,
    Para matar, triunfante,
A sede ideal de místico desejo
    De quando ele andou errante.

E lágrimas, que, enfim, caem ainda
    Com os mais acres dos sabores
E se transformam (maravilha infinda!)
    Em maravilhas de flores!

Ah! que feliz um coração que escuta
    As origens de que é feito!
E que não é nenhuma pedra bruta
    Mumificada no peito!

Ah! que feliz um coração que sente
    Ah! tudo vivendo intenso
No mais profundo borbulhar latente
    Do seu fundo foco imenso!

Sim! eu agora posso ter deveras
    Ironias sacrossantas…

---

26 **atros**: negros, sombrios, sinistros.

55 Posso os braços te abrir, Luz das esferas,
   Que das trevas te levantas.

Posso mesmo já rir de tudo, tudo
   Que me devora e me oprime.
Voltou-me o antigo sentimento mudo
60   Do teu olhar que redime.

Já não te sinto morta na minh'alma
   Como em câmara mortuária,
Naquela estranha e tenebrosa calma
   De solidão funerária.

65 Já não te sinto mais embalsamada
   No meu carinho profundo,
Nas mortalhas da Graça amortalhada,
   Como ave voando do mundo.

Não! não te sinto mortalmente envolta
70   Na névoa que tudo encerra...
Doce espectro do pó, da poeira solta
   Deflorada pela terra.

Não sinto mais o teu sorrir macabro
   De desdenhosa caveira.
75 Agora o coração e os olhos abro
   Para a Natureza inteira!

Negros pavores sepulcrais e frios
   Além morreram com o vento...
Ah! como estou desafogado em rios
80   De rejuvenescimento!

Deus existe no esplendor d'algum Sonho,
   Lá em alguma estrela esquiva.
Só ele escuta o soluçar medonho
   E torna a Dor menos viva.

85 Ah! foi com Deus que tu chegaste, é certo,
   Com a sua graça espontânea

Que emigraste das plagas do Deserto
Nu, sem sombra e sol, da Insânia!

No entanto como que volúpias vagas
Desses horrores amargos,
Talvez recordação daquelas plagas
Dão-te esquisitos letargos...

Porém tu, afinal, ressuscitaste
E tudo em mim ressuscita.
E o meu Amor, que repurificaste,
Canta na paz infinita!

---

92 **letargos:** apatias, inércia, estados de profunda inconsciência.

Cabelos

I

Cabelos! Quantas sensações ao vê-los!
Cabelos negros, do esplendor sombrio,
Por onde corre o fluido vago e frio
Dos brumosos e longos pesadelos...

5 Sonhos, mistérios, ansiedades, zelos,
Tudo que lembra as convulsões de um rio
Passa na noite cálida, no estio
Da noite tropical dos teus cabelos.

Passa através dos teus cabelos quentes,
10 Pela chama dos beijos inclementes,
Das dolências fatais, da nostalgia...

Auréola negra, majestosa, ondeada,
Alma da treva, densa e perfumada,
Lânguida Noite da melancolia!

---

4 **brumosos:** sombrios, pouco luminosos.
9 **viço:** força e vigor (das plantas).
10 **mirtais:** coletivo de mirta, espécie de arbusto nativo do Brasil.
11 **dolências:** aflições, sofrimentos.
14 **lânguida:** abatida; doentia; sensual.

Olhos

II
A Grécia d'Arte, a estranha claridade
D'aquela Grécia de beleza e graça,
Passa, cantando, vai cantando e passa
Dos teus olhos na eterna castidade.

Toda a serena e altiva heroicidade
Que foi dos gregos a imortal couraça,
Aquele encanto e resplendor de raça
Constelada de antiga majestade,

Da Atenas flórea toda o viço louro,
E as rosas e os mirtais e as pompas d'ouro,
Odisseias e deuses e galeras...

Na sonolência de uma lua aziaga,
Tudo em saudade nos teus olhos vaga,
Canta melancolias de outras eras!...

---

10 **mirtais**: coletivo de *murta*, espécie de arbusto com flores brancas aromáticas.
11 **odisseias**: referência à *Odisseia*, obra do poeta grego Homero (século VIII a.C.), que narra as aventuras de Ulisses (Odisseu) no retorno a Ítaca; **galeras**: galés, antigas embarcações de guerra.
12 **aziaga**: que traz má sorte ou infortúnio, agourenta.

Boca

III
Boca viçosa, de perfume a lírio,
Da límpida frescura da nevada,
Boca de pompa grega, purpureada,
Da majestade de um damasco assírio.

5 Boca para deleites e delírio
Da volúpia carnal e alucinada,
Boca de Arcanjo, tentadora e arqueada,
Tentando Arcanjos na amplidão do Empíreo,

Boca de Ofélia morta sobre o lago,
10 Dentre a auréola de luz do sonho vago
E os faunos leves do luar inquietos...

Estranha boca virginal, cheirosa,
Boca de mirra e incensos, milagrosa
Nos filtros e nos tóxicos secretos...

---

8   **Empíreo**: lugar onde moram os deuses; reservado aos santos.
9   **Ofélia**: personagem de *Hamlet*, tragédia de William Shakespeare (1564-1616). Desprezada por Hamlet, seu amado, ela enlouquece e se mata, lançando-se às águas do lago.
11 **faunos**: na mitologia grega, divindades campestres com corpo grotesco (metade homem, metade animal, com pés de cabra e cornos) que protegiam os rebanhos; acompanham o deus Dioniso em seu culto à fecundidade.
13 **mirra**: incenso medicinal, considerado bem valioso.
14 **filtros**: poções do amor.

Seios

IV

Magnólias tropicais, frutos cheirosos
Das árvores do Mal fascinadoras,
Das negras mancenilhas tentadoras,
Dos vagos narcotismos venenosos.

5 Oásis brancos e miraculosos
Das frementes volúpias pecadoras
Nas paragens fatais, aterradoras
Do Tédio, nos desertos tenebrosos...

Seios de aroma embriagador e langue,
10 Da aurora de ouro do esplendor do sangue,
A alma de sensações tantalizando.

Ó seios virginais, tálamos vivos,
Onde do amor nos êxtases lascivos
Velhos faunos febris dormem sonhando...

---

3   **mancenilhas:** conhecidas como árvores-da-morte, figueiras muito venenosas.
6   **frementes:** agitadas, vibrantes, tomadas de emoção.
9   **langue:** lânguido, sensual.
11 **tantalizar:** tentar de modo cruel e penoso, à maneira do que ocorre com Tântalo (mitologia grega). Tendo revelado aos homens segredos do Olimpo e trazido aos mortais o néctar e a ambrosia reservados aos deuses, foi condenado a um suplício eterno. Nunca consegue beber ou alimentar-se, pois a água e a comida afastam-se quando tenta aproximar-se delas.
12 **tálamos:** leito nupcial e, por extensão, casamento.
13 **lascivos:** voluptuosos, em que há desejo sexual.
14 **faunos:** na mitologia grega, divindades campestres com corpo grotesco (metade homem, metade animal, com pés de cabra e cornos) que protegiam os rebanhos; acompanham o deus Dioniso em seu culto à fecundidade.

Mãos

V
Ó Mãos ebúrneas, Mãos de claros veios,
Esquisitas tulipas delicadas,
Lânguidas Mãos sutis e abandonadas,
Finas e brancas, no esplendor dos seios.

5 Mãos etéricas, diáfanas, de enleios,
De eflúvios e de graças perfumadas,
Relíquias imortais de eras sagradas
De antigos templos de relíquias cheios.

Mãos onde vagam todos os segredos,
10 Onde dos ciúmes tenebrosos, tredos,
Circula o sangue apaixonado e forte.

Mãos que eu amei, no féretro medonho
Frias, já murchas, na fluidez do Sonho,
Nos mistérios simbólicos da Morte!

---

1 **ebúrneas**: relativas a marfim; por extensão, que têm cor muito branca.
5 **etéricas**: sublimes, divinas, celestiais; **enleios**: arrebatamentos, envolvimentos, enredamentos.
6 **eflúvios**: perfumes, emanações que se desprendem dos corpos.
10 **tredos**: traidores, traiçoeiros.
12 **féretro**: ataúde, caixão de defunto.

Pés

VI
Lívidos, frios, de sinistro aspecto,
Como os pés de Jesus, rotos em chaga,
Inteiriçados, dentre a auréola vaga
Do mistério sagrado de um afeto.

5 Pés que o fluido magnético, secreto
Da morte maculou de estranha e maga
Sensação esquisita que propaga
Um frio n'alma, doloroso e inquieto...

Pés que bocas febris e apaixonadas
10 Purificaram, quentes, inflamadas,
Com o beijo dos adeuses soluçantes.

Pés que já no caixão, enrijecidos,
Aterradoramente indefinidos
Geram fascinações dilacerantes!

---

2 **rotos:** esburacados, estragados.
3 **inteiriçados:** duros, rígidos.

Corpo

VII
Pompas e pompas, pompas soberanas,
Majestade serena da escultura,
A chama da suprema formosura,
A opulência das púrpuras romanas.

As formas imortais, claras e ufanas,
Da graça grega, da beleza pura,
Resplendem na arcangélica brancura
Desse teu corpo de emoções profanas.

Cantam as infinitas nostalgias,
Os mistérios do Amor, melancolias,
Todo o perfume de eras apagadas...

E as águias da paixão, brancas, radiantes,
Voam, revoam, de asas palpitantes,
No esplendor do teu corpo arrebatadas!

COMENTÁRIO CRÍTICO

Esse conjunto de sete poemas compõe uma unidade em que o corpo é apresentado de início por suas partes (cabelos, olhos, boca, seios, mãos, pés) e, ao final, como totalidade. Cada um deles é trabalhado segundo diferentes concepções poéticas. Há traços da poesia escultórica e parnasiana em "Olhos", traços decadentistas em "Seios", "Cabelos" e "Mãos", traços simbolistas em "Boca" e "Corpo".

Em todos os poemas, porém, mantêm-se a técnica simbolista dos correlatos objetivos e o tema cruziano do anseio pela transcendência por meio do erotismo sagrado. Assim, temos na imagem dos cabelos a relação com as "dolências fatais, da nostalgia", que expressa o desejo de completude que dissolveria os contornos do indivíduo. Os olhos cantam "melancolias de outras eras"; a boca, que convida aos prazeres carnais, também acena para a "amplidão do Empíreo"; os seios, como oásis, trazem a recordação dos sonhos dos faunos; as mãos são "relíquias de eras sagradas" que penetraram nos "mistérios simbólicos da Morte", assim como os pés, mortos, têm a "auréola vaga do mistério".

A sinédoque − figura de linguagem que consiste em empregar uma palavra que indica a parte (no caso, os cabelos, os olhos, etc.) para designar o todo (corpo) − é o procedimento construtivo mais geral desse conjunto de poemas, que mostram a ousadia estilística de Cruz e Sousa. Apreender a totalidade misteriosa do corpo implica, aqui, nomear apenas suas partes e, a partir delas, gerar imagens em associações metafóricas. Assim, cabelos são também "noite tropical"; os seios, "magnólias tropicais", "frutos cheirosos", "oásis brancos e miraculosos"; as mãos, "esquisitas tulipas delicadas".

A atualidade de Cruz e Sousa pode ser apreendida aqui na maneira pela qual se compõe a fragmentação do todo. As artes de vanguarda, em especial o cubismo, farão desse modo de apreender o real seu principal elemento de composição.

A Ironia dos Vermes

Eu imagino que és uma princesa
Morta na flor da castidade branca...
Que teu cortejo sepulcral arranca
Por tanta pompa espasmos de surpresa.

5 Que tu vais por um coche conduzida,
Por esquadrões flamívomos guardada,
Como carnal e virgem madrugada,
Bela das belas, sem mais sol, sem vida.

Que da Corte os luzidos Dignitários
10 Com seus aspectos marciais, bizarros,
Seguem-te após nos fagulhantes carros
E a excelsa cauda dos cortejos vários.

Que a tropa toda forma nos caminhos
Por onde irás passar indiferente;
15 Que há no semblante vão de toda a gente
Curiosidades que parecem vinhos.

Que os potentes canhões roucos atroam
O espaço claro de uma tarde suave,
E que tu vais, Lírio dos lírios e ave
20 Do Amor, por entre os sons que te coroam.

Que nas flores, nas sedas, nos veludos,
E nos cristais do féretro radiante
Nos damascos do Oriente, na faiscante
Onda de tudo há longos prantos mudos.

---

6   **flamívomos:** que cospem fogo.
10 **bizarros:** dignos de admiração e louvor (culto); extravagantes, excêntricos (informal).
11 **fagulhantes:** que emitem fagulhas, faíscas.
12 **excelsa:** sublime, elevada.
17 **atroar:** fazer grande estrondo.
22 **féretro:** caixão de defunto.
23 **damascos:** tecidos de seda ricamente trabalhados e provenientes da cidade de Damasco, na Síria.

112 BOM LIVRO

25 Que do silêncio azul da imensidade,
    Do perdão infinito dos Espaços
    Tudo te dá os beijos e os abraços
    Do seu adeus à tua Majestade.

    Que de todas as coisas como Verbo
30 De saudades sem termo e de amargura,
    Sai um adeus à tua formosura,
    Num desolado sentimento acerbo.

    Que o teu corpo de luz, teu corpo amado,
    Envolto em finas e cheirosas vestes,
35 Sob o carinho das Mansões celestes
    Ficará pela Morte encarcerado.

    Que o teu séquito é tal, tal a coorte,
    Tal o sol dos brasões, por toda a parte,
    Que em vez da horrenda Morte suplantar-te
40 Crê-se que és tu que suplantaste a Morte.

    Mas dos faustos mortais a régia trompa,
    Os grandes ouropéis, a real Quermesse,
    Ah! tudo, tudo proclamar parece
    Que hás de afinal apodrecer com pompa.

45 Como que foram feitos de luxúria
    E gozo ideal teus funerais luxuosos
    Para que os vermes, pouco escrupulosos,
    Não te devorem com plebeia fúria.

    Para que eles ao menos vendo as belas
50 Magnificências do teu corpo exausto
    Mordam-te com cuidados e cautelas
    Para o teu corpo apodrecer com fausto.

---

32   **acerbo:** de sabor acre, de gosto amargo; por extensão, que causa angústia, atroz. Note-se a sinestesia em que um substantivo abstrato (sentimento) é qualificado de maneira sensorial (acerbo).
37   **séquito:** cortejo; **coorte:** tropa; grupo grande de pessoas.
41   **faustos:** que têm grande pompa e luxo.
42   **ouropéis:** ligas metálicas que imitam ouro; por extensão, brilhos falsos, aparentes.
45   **luxúria:** viço, magnificência; apetite sexual.

Para que possa apodrecer nas frias
Geleiras sepulcrais d'esquecimentos,
55 Nos mais augustos apodrecimentos,
Entre constelações e pedrarias.

Mas ah! quanta ironia atroz, funérea,
Imaginária e cândida Princesa:
És igual a uma simples camponesa
60 Nos apodrecimentos da Matéria!

---

55 **augustos**: que merecem respeito, veneráveis.
57 **atroz**: desumana, monstruosa, cruel.

Flor Perigosa

Ah! quem, trêmulo e pálido, medita
No teu perfil de áspide triste, triste,
Não sabe em quanto abismo essa infinita
Tristeza amarga singular consiste.

Tens todo o encanto de uma flor, o encanto
Secreto de uma flor de vago aroma...
Mas não sei que de morno e de quebranto
Vem, lasso e langue, dessa negra coma.

És das origens mais desconhecidas,
De uma longínqua e nebulosa infância.
A visão das visões indefinidas,
De atra, sinistra mórbida elegância.

Como flor, entretanto, és bem amarga!
Pólens celestes o teu ser inundam,
Mas ninguém sabe a onda nervosa e larga
Dos insetos mortais que te circundam.

Quem teu aroma de mulher aspira
Fica entre ânsias de túmulo fechado...
Sente vertigens de vulcão, delira
E morre, sutilmente envenenado.

Teu olhar de fulgências e de treva,
Onde as volúpias a pecar se ajustam,
Guarda um mistério que envilece e eleva,
Causa delíquios e emoções que assustam.

---

2 **áspide:** tipo de serpente.
8 **lasso:** frouxo, fatigado e, também, devasso; **langue:** voluptuoso, sensual; **coma:** cabeleira longa.
12 **atra:** negra, sombria, sinistra, tenebrosa.
21 **fulgências:** brilhos, cintilações.
24 **delíquios:** desfalecimentos, desmaios.

És flor, mas como flor és perigosa,
Do mais sombrio e tétrico perigo...
Fenômenos fatais de luz ansiosa
Vão pelas noites segredar contigo.

Vão segredar que és feia e que és estranha
Sendo feia, mas sendo extravagante,
De enorme, de esquisita, de tamanha
Influência de eclipse radiante...

Sei! não nasceste sob a luz que ondeia
Na beleza e nos astros da saúde;
Mas sendo assim, morbidamente feia,
O teu ser feia torna-se virtude.

És feia e doente, surges desse misto,
Da exótica, da insana, da funesta
Auréola ideal dos martírios de Cristo
Naquela Dor absurdamente mesta.

Vens de lá, vens de lá — fundos remotos
Adelgaçando como os véus de um rio...
Abrindo do magoado e velho lótus
Do sentimento, todo o sol doentio...

Mas quem quiser saber o quanto encerra
Teu ser, de mais profundo e mais nevoento,
Venha aspirar-te no teu vaso — a Terra —
Ó perigosa flor do esquecimento!

---

26 **tétrico:** medonho, que causa horror; fúnebre.
38 **funesta:** que causa ou pressagia a morte; desastrosa, lamentável.
40 **mesta:** arcaísmo que significa artesanal.
43 **lótus:** planta aquática de belas flores, algumas das quais tóxicas.

De *Últimos sonetos* (1905)

Madona da Tristeza*

Quando te escuto e te olho reverente
E sinto a tua graça triste e bela
De ave medrosa, tímida, singela,
Fico a cismar enternecidamente.

5 Tua voz, teu olhar, teu ar dolente
Toda a delicadeza ideal revela
E de sonhos e lágrimas estrela
O meu ser comovido e penitente.

Com que mágoa te adoro e te contemplo,
10 Ó da Piedade soberano exemplo,
Flor divina e secreta da Beleza.

Os seus soluços enchem os espaços
Quando te aperto nos estreitos braços,
Solitária madona da Tristeza!

---

* O termo *Madona* se refere à mãe de Cristo, Nossa Senhora; por extensão, mulher bela, de aparência suave.
5 **dolente:** que exprime dor ou aflição.

Ironia de Lágrimas

Junto da Morte é que floresce a Vida!
Andamos rindo junto à sepultura.
A boca aberta, escancarada, escura
Da cova é como flor apodrecida.

5 A Morte lembra a estranha Margarida
Do nosso corpo, Fausto sem ventura...
Ela anda em torno a toda a criatura
Numa dança macabra indefinida.

Vem revestida em suas negras sedas
10 E a marteladas lúgubres e tredas
Das Ilusões o eterno esquife prega.

E adeus caminhos vãos, mundos risonhos!
Lá vem a loba que devora os sonhos,
Faminta, absconsa, imponderada, cega!

---

5   **Margarida:** personagem de Fausto, do poeta alemão Joahann Wolfgang von Goethe (1749-1832): jovem camponesa por quem Fausto se apaixona e a quem abandona.
6   **Fausto:** personagem central da obra homônima, de Goethe. Trata-se de um sábio que, desejando dominar todos os conhecimentos, invocou Mefistófeles, o Demônio, e com ele fez um pacto.
10 **tredas:** traidoras, traiçoeiras.
11 **esquife:** caixão de defunto.
14 **absconsa:** muito escondida; por extensão, de difícil compreensão; **imponderada:** irrefletida.

Domus Aurea*

De bom amor e de bom fogo claro
Uma casa feliz se acaricia...
Basta-lhe luz e basta-lhe harmonia
Para ela não ficar ao desamparo.

O Sentimento, quando é nobre e raro,
Veste tudo de cândida poesia...
Um bem celestial dele irradia,
Um doce bem que não é parco nem avaro.

Um doce bem que se derrama em tudo,
Um segredo imortal, risonho e mudo,
Que nos leva debaixo da sua asa.

E os nossos olhos ficam rasos d'água
Quando, rebentos de uma oculta mágoa,
São nossos filhos todo o céu da casa.

---

* **Domus Aurea**: do latim, casa de ouro; por extensão, bom lar. O poema exalta as belezas do lar e a grandeza dos sentimentos como contrapartida ao desamparo. O trabalho poético nasce, tematicamente, de fatos gerais da vida de Cruz e Sousa.
8 **parco**: minguado, comedido.
13 **rebentos**: frutos; por extensão, filhos.

Evocação

Oh Lua voluptuosa e tentadora,
Ao mesmo tempo trágica e funesta,
Lua em fundo revolto de floresta
E de sonho de vaga embaladora;

5 Langue visão mortal e sedutora,
Dos Vergéis siderais pálida giesta,
Divindade sutil da morna sesta,
Da lasciva paixão fascinadora;

Flor fria, flor algente, flor gelada
10 Do desconsolo e dos esquecimentos
E do anseio, da febre atormentada,

Tu, que soluças pelos céus nevoentos
Longo soluço mágico de fada,
Dá-me os teus doces acalentamentos!

---

5   **langue:** lânguida, sem força; lasciva, sensual.
6   **Vergéis:** jardins, pomares; **giesta:** arbusto de propriedades medicinais.
8   **lasciva:** voluptuosa, em que há desejo sexual.
9   **algente:** muito fria, gélida. Note-se a paronomásia: "flor algente, flor gelada".

A Morte

Oh! que doce tristeza e que ternura
No olhar ansioso, aflito dos que morrem...
De que âncoras profundas se socorrem
Os que penetram nessa noite escura!

5 Da vida aos frios véus da sepultura
Vagos momentos trêmulos decorrem...
E dos olhos as lágrimas escorrem
Como faróis da humana Desventura.

Descem então aos golfos congelados
10 Os que na terra vagam suspirando,
Com os velhos corações tantalizados.

Tudo negro e sinistro vai rolando
Báratro abaixo, aos ecos soluçados
Do vendaval da Morte ondeando, uivando...

---

11 **tantalizados:** tentados de modo cruel e penoso. Originalmente, suplício terrível, relativo a Tântalo (da mitologia grega). Depois de ter revelado aos homens segredos do Olimpo e de ter trazido aos mortais o néctar e a ambrosia reservados aos deuses, foi condenado ao sofrimento eterno. Nunca consegue beber ou alimentar-se, pois a água e a comida afastam-se quando tenta aproximar-se delas.

13 **báratro:** abismo; por extensão, o inferno.

Êxtase Búdico*

Abre-me os braços, Solidão profunda,
Reverência do céu, solenidade
Dos astros, tenebrosa majestade,
Ó planetária comunhão fecunda!

5 Óleo da noite, sacrossanto, inunda
Todo o meu ser, dá-me essa castidade,
As azuis florescências da saudade,
Graça das Graças imortais oriunda!

As estrelas cativas no teu seio
10 Dão-me um tocante e fugitivo enleio,
Embalam-me na luz consoladora!

Abre-me os braços, Solidão radiante,
Funda, fenomenal e soluçante,
Larga e búdica Noite Redentora!

---

* **búdico:** referente a Buda, termo que significa "o iluminado" e foi dado a Sidarta Gautama (563?-483? a.C.), o fundador do budismo (sistema filosófico e religioso indiano que considera o sofrimento a condição fundamental de toda existência e crê na possibilidade de superá-lo por meio da obtenção de um estado de bem-aventurança integral, o Nirvana).

7 **florescências:** crescimentos, expansões.
10 **enleio:** arrebatamento, envolvimento, enredamento.

III. MUNDOS SEM REDENÇÃO

Esta seção apresenta os poemas em que a força das imagens está, fundamentalmente, na configuração de espaços infernais, quer eles estejam abaixo da terra, ao rés do chão ou no cosmos transcendente. A poesia da negatividade expressa a derrocada de quase todos os Ideais. Não há paraíso a buscar senão aquele que nasce da construção do objeto poético, o qual trama a figuração de um mundo avesso ao que a ideologia quer que se veja. Em vez de progresso, o que há é destruição; em vez do domínio da razão, a certeza da insanidade; em vez de um indivíduo que conhece a si e ao mundo, o que triunfa é a alienação, o desconhecimento. Na expressão poética dos mundos sem redenção, Cruz e Sousa obriga a olhar para aquilo que se julgava eliminado: a miséria, a morte, a frustração, a impossibilidade do apaziguamento.

III. MUNDOS SEM REDENÇÃO

De *Faróis* (1900)

Pressago*

Nas águas daquele lago
Dormita a sombra de Iago...

Um véu de luar funéreo
Cobre tudo de mistério...

5 Há um lívido abandono
Do luar no estranho sono.

Transfiguração enorme
Encobre o luar que dorme...

Dá meia-noite na ermida,
10 Como o último ai de uma vida.

São badaladas nevoentas,
Sonolentas, sonolentas...

Do céu no estrelado luxo
Passa o fantasma de um bruxo.

15 No mar tenebroso e tetro
Vaga de um náufrago o espectro.

---

* **Pressago**: adjetivo que designa aquele que intui, que pressente.
2 **Iago**: antagonista na tragédia *Otelo: o mouro de Veneza*, do dramaturgo inglês William Shakespeare (1564-1616). Movido pela inveja, arma um plano que resulta na morte de Otelo.
3 **funéreo**: fúnebre; sinistro.
7 **transfiguração**: metamorfose, transformação. O significado da palavra na poética cruziana relaciona-se à imagem bíblica da transfiguração de Cristo depois de sua morte.
9 **ermida**: pequena igreja em lugar desabitado.
15 **tetro**: negro, escuro, sombrio; por extensão, o que causa horror.

Como fantásticos signos,
Erram demônios malignos.

Na brancura das ossadas
20 Gemem as almas penadas

Lobisomens, feiticeiras
Gargalham no luar das eiras.

Os vultos dos enforcados
Uivam nos ventos irados.

25 Os sinos das torres frias
Soluçam hipocondrias.

Luxúrias de virgens mortas
Das tumbas rasgam as portas.

Andam torvos pesadelos
30 Arrepiando os cabelos.

Coalha nos lodos abjetos
O sangue roxo dos fetos.

Há rios maus, amarelos
De presságio de flagelos.

35 Das vesgas concupiscências
Saem vis fosforescências.

---

17 **signos:** neste contexto, sinais, indícios. Para os simbolistas, todos os elementos do cosmos são signos materiais e têm correspondência com a realidade imaterial.
22 **eiras:** local de terra batida; neste caso, metaforizando o espaço sideral.
26 **hipocondrias:** melancolias, depressão.
27 **luxúrias:** viço, magnificência; apetite sexual.
29 **torvos:** sombrios, pesados, negros, aterrorizantes.
31 **abjetos:** imundos, desprezíveis.
34 **flagelos:** calamidades, catástrofes; punições, torturas.
35 **concupiscências:** cobiças de bens, luxúrias, desejos sexuais.

Os remorsos contorcidos
Mordem os ares pungidos.

A alma cobarde de Judas
40 Recebe expressões cornudas.

Negras aves de rapina
Mostram a garra assassina.

Sob o céu que nos oprime
Languescem formas de crime.

45 Com os mais sinistros furores,
Saem gemidos das flores.

Caveiras! Que horror medonho!
Parecem visões de um sonho!

A morte com Sancho Pança,
50 Grotesca e trágica dança.

E como um símbolo eterno,
Ritmos dos Ritmos do inferno,

No lago morto, ondulando,
Dentre o luar noctivagando,

55 O corvo hediondo crocita
Da sombra d'Iago maldita!

---

38 **pungidos:** que foram feridos com objeto pontiagudo; que sofreram danos morais.
44 **languescer:** definhar; permanecer em estado de langor pelo exercício da voluptuosidade.
49 **Sancho Pança:** personagem do romance de final do século XVI, *O engenhoso fidalgo Dom Quixote de la Mancha*, do espanhol Miguel de Cervantes (1547-1616). Fiel e realista escudeiro do fidalgo Quixote, que busca realizar seus sonhos de heroísmo num mundo em que já não há heróis romanescos.
54 **noctivagar:** vagar à noite.
55 **hediondo:** repulsivo, pavoroso, fétido; **crocitar:** onomatopeia do som emitido por aves como o corvo e o abutre, pássaros associados à morte e à putrefação.

COMENTÁRIO CRÍTICO

Esse poema é um dos mais representativos da "poesia visionária", bastante frequente na obra de Cruz e Sousa, sobretudo a partir de *Faróis*. O quadro lírico surge como uma visão, projetada a partir da interioridade lírica, que mal aparece na cena. Tal visão não se refere à realidade plausível. Desde o início (versos 1 e 2), estamos diante de algo que só é "verdadeiro" para a subjetividade lírica, que pode contemplar o invisível − a sombra de Iago rediviva, imersa nas águas − e apresentá-lo como símbolo não decifrado.

Na construção do poema, ocorre também a filiação ao estilo grotesco, reinterpretado, porém, a serviço da poesia simbolista. O grotesco se caracteriza por apresentar um tipo de imagem em que se misturam e se confundem os limites entre reinos (vivo e morto; animal e vegetal; humano e não humano). Assim, nos dísticos (as estrofes de dois versos), surgem representações de entidades sobrenaturais que, redespertadas da morte ou constituindo personificação de sentimentos, movem-se sem cessar: o fantasma do bruxo, o espectro do náufrago, demônios, almas penadas, feiticeiras, luxúrias de virgens que rasgam portas de tumbas, flores que gemem e a própria Morte, em forma da mulher bailarina, que convida à dança.

A imagem central do poema, porém, é a da "sombra de Iago", que atua como símbolo com dupla significação. Por um lado, com a referência a Iago, personagem literário (da tragédia *Otelo*, do dramaturgo inglês William Shakespeare), representam-se a maldade e a traição. Por outro, ele aparece como sombra, aludindo (segundo crenças milenares) àquilo que permanece vivo mesmo estando morto. O que significará essa presença fantasmagórica do símbolo do mal e da traição? O que ela provoca?

Nos 28 dísticos do poema − trabalhados com recursos de sonoridade e de ritmo − desenvolve-se uma espécie de narrativa. O eu lírico, que apenas observa, sabe que no fundo do lago há a presença de uma "sombra" (versos 1 e 2). Contempla, então, o ambiente de uma noite assustadora (versos 3 a 12), assiste a um enigmático desfile de vultos (versos 13 a 24) e, após novo badalar de sinos (versos 25 e 26), vê emergirem sentimentos redivivos e novos seres fantásticos (versos 27 a 51). Só então a sombra, que dormia levemente, desperta transfigurada em corvo (versos 51 a 56). Todo o poema está construído entre o dormitar e o despertar da sombra de Iago, quando, duplicada no corvo que "crocita" (verso 55 − única rima interna de todo o texto), espalha o horror.

À "meia-noite", tudo o que estava sepultado vem à tona e se move em ritmo frenético, comandado pelo símbolo da hediondez, que ainda dorme levemente. Isso sugere que o espectro vivo (a sombra) da traição (Iago), o sombrio mundo do Mal, toma conta do universo visionário, antes mesmo de se mostrar plenamente. E continuará a fazê-lo, de modo ainda mais hediondo, ao transfigurar-se em corvo-sombra.

Então, o "pressago" anunciado no título só se revela ao final. Mas essa leitura não esgota as significações. Assim, o despertar da sombra apenas prenuncia que algo ainda pior ocorrerá. É como se o poema criasse uma representação simbólica de algo que se realiza ao final dele (a sombra sai do Iago); mas também se abre para o futuro, para fora do poema: o Mal, a Traição, despertos, dominarão todos os espaços.

O eu lírico surge como aquele que, capaz de ter o presságio, expressa seu horror nas imagens grotescas que constrói. Ele deseja que tudo não passe de "visões de um sonho". Mas não decifra o enigma, pois o visionário nada pode contra o que contempla. Parece formular-se uma situação em que o sentido se torna indecifrável para o sujeito que olha o mundo que ele próprio cria com suas visões. O poema, assim, é símbolo de uma situação de alienação – ou seja, tudo escapa à compreensão de quem o vê, e o mundo torna-se um outro, assustador.

Talvez esteja aí o segredo da força desta poesia visionária: ela não aponta saídas nem sugere a confiança no apaziguamento das tensões. Sem aderir à falsa positividade, dá forma ao rosto grotesco de um mundo que escapa à compreensão e em que o sujeito não tem nenhum poder de ação – ambos alienados, portanto. O Mal e a Traição são os senhores e fazem tudo mover-se à sua volta.

Em "Pressago", a poesia não redime, não consola. Ao contrário disso, ela se vale dos mais refinados procedimentos de construção da linguagem para pôr sob nossos olhos uma realidade que se julgava soterrada – a dos fantasmas, a da natureza abjeta, a dos horrores ressurgidos. Talvez para revelar o que deixou de ser visível sob o véu ideológico que temos sobre nossos olhos, o poeta cria, na cena grotesca, o rosto desfigurado do mundo (poético) sob o domínio do Mal.

De *Broquéis* (1893)

Múmia

Múmia de sangue e lama e terra e treva,
Podridão feita deusa de granito,
Que surges dos mistérios do Infinito
Amamentada na lascívia de Eva.

5 Tua boca voraz se farta e ceva
Na carne e espalhas o terror maldito,
O grito humano, o doloroso grito
Que um vento estranho para os limbos leva.

Báratros, criptas, dédalos atrozes
10 Escancaram-se aos tétricos, ferozes
Uivos tremendos com luxúria e cio...

Ris a punhais de frígidos sarcasmos
E deve dar congélidos espasmos
O teu beijo de pedra horrendo e frio!...

---

4   **lascívia:** voluptuosidade, desejo sexual.
5   **cevar:** alimentar-se.
8   **limbos:** segundo o cristianismo, lugares em que ficam as almas que não cometeram pecados mortais; não chegam à presença de Deus por não terem sido batizadas.
9   **báratros:** abismos; por extensão, o inferno; **criptas:** galerias ou salas subterrâneas para sepultamento ou ossuário; grutas, cavernas; **dédalos:** caminhos emaranhados e confusos (por derivação imprópria do mito grego de Dédalo, o arquiteto que criou o labirinto de Cnossos, para aprisionar o monstro Minotauro); **atrozes:** desumanos, monstruosos, cruéis.
10   **tétricos:** que causam horror; fúnebres.
11   **luxúria:** viço, magnificência; apetite sexual.

Cristo de Bronze

Ó Cristos de ouro, de marfim, de prata,
Cristos ideais, serenos, luminosos,
Ensanguentados Cristos dolorosos
Cuja cabeça a Dor e a Luz retrata.

5   Ó Cristos de altivez intemerata,
Ó Cristos de metais estrepitosos
Que gritam como os tigres venenosos
Do desejo carnal que enerva e mata.

Cristos de pedra, de madeira e barro...
10 O Cristo humano, estético, bizarro,
Amortalhado nas fatais injúrias...

Na rija cruz aspérrimo pregado
Canta o Cristo de bronze do Pecado,
Ri o Cristo de bronze das luxúrias!...

---

5   **altivez:** arrogância, soberba; **intemerata:** íntegra, pura, não corrompida.
10 **bizarro:** digno de admiração e louvor (culto); extravagante, excêntrico (informal).
14 **luxúria:** viço, magnificência; apetite sexual.

Clamando...

Bárbaros vãos, dementes e terríveis
Bonzos tremendos de ferrenho aspeto,
Ah! deste ser todo o clarão secreto
Jamais pôde inflamar-vos, Impassíveis!

5   Tantas guerras bizarras e incoercíveis
No tempo e tanto, tanto imenso afeto,
São para vós menos que um verme e inseto
Na corrente vital pouco sensíveis.

No entanto nessas guerras mais bizarras
10 De sol, clarins e rútilas fanfarras,
Nessas radiantes e profundas guerras...

As minhas carnes se dilaceraram
E vão, das Ilusões que flamejaram,
Com o próprio sangue fecundando as terras...

---

2   **bonzos**: neste contexto, pessoas medíocres, que se dão ares de superioridade; no sentido próprio, monge budista; **ferrenho**: implacável, duro, obstinado.
5   **bizarras**: dignas de admiração e louvor (culto); extravagantes, excêntricas (informal); **incoercíveis**: que não podem ser dominadas.
10 **rútilas**: brilhantes, ofuscantes.
13 **flamejar**: expelir chamas, brilhar.

A Dor

Torva Babel das lágrimas, dos gritos,
Dos soluços, dos ais, dos longos brados,
A Dor galgou os mundos ignorados,
Os mais remotos, vagos infinitos.

Lembrando as religiões, lembrando os ritos,
Avassalara os povos condenados,
Pela treva, no horror, desesperados,
Na convulsão de Tântalos aflitos.

Por buzinas e trompas assoprando
As gerações vão todas proclamando
A grande Dor aos frígidos espaços...

E assim parecem, pelos tempos mudos,
Raças de Prometeus titânios, rudos,
Brutos e colossais, torcendo os braços!

---

1   **torva:** sombria, pesada, negra, aterrorizante; **Babel:** referência bíblica ao local em que os homens foram punidos por Deus por terem ousado construir uma torre que chegasse até os céus; em sentido usual significa confusão, caos.
3   **galgar:** percorrer de baixo para cima, em movimentos velozes.
6   **avassalar:** reduzir à condição de vassalo; subjugar.
8   **Tântalos:** neste contexto, os que não conseguem saciar os desejos (ampliação do sentido do mito grego de Tântalo: tendo revelado aos homens segredos do Olimpo e trazido aos mortais o néctar e a ambrosia reservados aos deuses, foi condenado ao suplício eterno de nunca conseguir beber ou alimentar-se, pois a água e a comida afastam-se diante da sua aproximação).
11   **frígidos:** muito frios, gelados; indiferentes, apáticos.
13   **Prometeus:** heróis civilizadores que são punidos de maneira atroz e eterna por trazerem benefícios aos homens (por derivação do sentido do mito de Prometeu, um dos titãs, que roubou o fogo do Olimpo para dá-lo aos homens e por isso foi punido por Zeus, a divindade máxima do Olimpo: Zeus acorrentou-o a um penhasco, onde uma águia devorava diariamente seu fígado, que se reconstituía à noite); neste contexto, os poetas visionários, os artistas; **titânios:** neologismo que faz referência aos Titãs, inimigos dos deuses olímpicos, gigantes que quiseram escalar os céus para destronar Zeus.

Satã*

Capro e revel, com os fabulosos cornos
Na fronte real de rei dos reis vetustos,
Com bizarros e lúbricos contornos,
Ei-lo Satã dentre Satãs augustos.

5 Por verdes e por báquicos adornos
Vai c'roado de pâmpanos venustos
O deus pagão dos Vinhos acres, mornos,
Deus triunfador dos triunfadores justos.

Arcangélico e audaz, nos sóis radiantes,
10 À púrpura das glórias flamejantes,
Alarga as asas de relevos bravos...

O Sonho agita-lhe a imortal cabeça...
E solta aos sóis e estranha e ondeada e espessa
Canta-lhe a juba dos cabelos flavos!

---

* **Satã:** segundo *Paraíso perdido*, do poeta inglês John Milton (1608-1674), Lúcifer é Satã, o anjo rebelde.
1 **capro:** bode; metáfora para Satanás, ou Satã; também utilizado para designar o que exala cheiro forte, o que está associado ao libidinoso e ao lascivo; **revel:** rebelde; obstinado.
2 **vetustos:** muito velhos ou provindos de eras muito remotas.
3 **bizarros:** dignos de admiração e louvor (culto); extravagantes, excêntricos (informal); **lúbricos:** sensuais.
5 **báquicos:** relativos a Baco, o deus (romano) do vinho e da liberação da sexualidade; por extensão, orgíacos, depravados.
6 **pâmpanos:** ramos de videiras; **venustos:** muito belos, elegantes.
10 **flamejantes:** que lançam chamas, resplandecentes, brilhantes.
14 **flavos:** de cor amarelada, loiros.

Rebelado

Ri tua face um riso acerbo e doente,
Que fere, ao mesmo tempo que contrista...
Riso de ateu e riso de budista
Gelado no Nirvana impenitente.

5 Flor de sangue, talvez, e flor dolente
De uma paixão espiritual de artista,
Flor de Pecado sentimentalista
Sangrando em riso desdenhosamente.

Da alma sombria de tranquilo asceta
10 Bebeste, entanto, a morbidez secreta
Que a febre das insânias adormece.

Mas no teu lábio convulsivo e mudo
Mesmo até riem, com desdéns de tudo,
As sílabas simbólicas da Prece!

---

1 **acerbo:** azedo, amargo, que causa angústia.
2 **contristar:** entristecer, mortificar.
4 **Nirvana:** no budismo, extinção total do sofrimento humano por meio da supressão do desejo e do apego à individualidade.
5 **dolente:** triste, magoado, queixoso.
9 **asceta:** devoto dedicado a privações e a mortificações.

De *Faróis* (1900)

Canção do Bêbado

    Na lama e na noite triste
    Aquele bêbado ri!
    Tu'alma velha onde existe?
    Quem se recorda de ti?

5   Por onde andam teus gemidos,
    Os teus noctâmbulos ais?
    Entre os bêbados perdidos
    Quem sabe do teu — jamais?

    Por que é que ficas à lua
10   Contemplativo, a vagar?
    Onde a tua noiva nua
    Foi tão depressa a enterrar?

    Que flores de graça doente
    Tua fronte vem florir
15   Que ficas amargamente
    Bêbado, bêbado a rir?

    Que vês tu nessas jornadas?
    Onde está o teu jardim
    E o teu palácio de fadas,
20   Meu sonâmbulo arlequim?

    De onde trazes essa bruma,
    Toda essa névoa glacial
    De flor de lânguida espuma,
    Regada de óleo mortal?

---

6   **noctâmbulos:** que vagam à noite, sonâmbulos.
20   **arlequim:** bufão, palhaço (originalmente, personagem da *Commedia Dell'Arte* – tipo de teatro popular – cuja função era divertir o público).
23   **lânguida:** sensual, voluptuosa; abatida, prostrada.

25 Que soluço extravagante,
Que negro, soturno fel
Põe no teu ser doudejante
A confusão da Babel?

Ah! das lágrimas insanas
30 Que ao vinho misturas bem,
Que de visões sobre-humanas
Tu'alma e teus olhos têm!

Boca abismada de vinho,
Olhos de pranto a correr,
35 Bendito seja o carinho
Que já te faça morrer!

Sim! Bendita a cova estreita
Mais larga que o mundo vão,
Que possa conter direita
40 A noite do teu caixão!

---

26   **soturno**: melancólico, tristonho, amedrontador; **fel**: bile; sabor amargo, amargor.
28   **Babel**: referência bíblica ao local em que os homens foram punidos por Deus por terem ousado construir uma torre que chegasse até os céus; em sentido usual significa confusão, caos.

As Estrelas

Lá, nas celestes regiões distantes,
No fundo melancólico da Esfera,
Nos caminhos da eterna Primavera
Do amor, eis as estrelas palpitantes.

5 Quantos mistérios andarão errantes,
Quantas almas em busca da Quimera,
Lá, das estrelas nessa paz austera
Soluçarão, nos altos céus radiantes.

Finas flores de pérolas e prata,
10 Das estrelas serenas se desata
Toda a caudal das ilusões insanas.

Quem sabe, pelos tempos esquecidos,
Se as estrelas não são os ais perdidos
Das primitivas legiões humanas?!

---

5 **errantes:** que vagam sem rumo.
6 **Quimera:** aqui, significa sonho, fantasia, ilusão; também aquilo que causa horror.
11 **caudal:** que escorre em abundância, jorro.
14 **legiões:** grande número de pessoas; divisão do exército (termo militar).

Pandemonium*

A Maurício Jubim

Em fundo de tristeza e de agonia
O teu perfil passa-me noite e dia.

Aflito, aflito, amargamente aflito,
Num gesto estranho que parece um grito.

5 E ondula e ondula e palpitando vaga,
Como profunda, como velha chaga.

E paira sobre ergástulos e abismos
Que abrem as bocas cheias de exorcismos.

Com os olhos vesgos, a flutuar d'esguelha,
10 Segue-te atrás uma visão vermelha.

Uma visão gerada do teu sangue
Quando no Horror te debateste exangue,

Uma visão que é tua sombra pura
Rodando na mais trágica tortura.

15 A sombra dos supremos sofrimentos
Que te abalaram como negros ventos.

E a sombra as tuas voltas acompanha
Sangrenta, horrível, assombrosa, estranha.

E o teu perfil no vácuo perpassando
20 Vê rubros caracteres flamejando.

---

* **Pandemonium**: nome dado, pelo poeta inglês John Milton (1608-1674), autor de *Paraíso perdido*, ao palácio de Satã, o anjo rebelado; por extensão, os espaços infernais.
7 **ergástulos:** prisões, cárceres; lugares onde, na Roma antiga, confinavam-se os escravos.
12 **exangue:** que ficou sem sangue; enfraquecida.
20 **flamejar:** lançar chamas, brilhar.

Vê rubros caracteres singulares
De todos os festins de Baltazares.

Por toda a parte escrito em fogo eterno:
Inferno! Inferno! Inferno! Inferno! Inferno!

25 E os emissários espectrais das mortes
Abrindo as grandes asas flamifortes...

E o teu perfil oscila, treme, ondula,
Pelos abismos eternais circula...

Circula e vai gemendo e vai gemendo
30 E suspirando outro suspiro horrendo.

E a sombra rubra que te vai seguindo
Também parece ir soluçando e rindo.

Ir soluçando, de um soluço cavo
Que dos venenos traz o torvo travo.

35 Ir soluçando e rindo entre vorazes
Satanismos diabólicos, mordazes.

E eu já nem sei se é realidade ou sonho
Do teu perfil o divagar medonho.

Não sei se é sonho ou realidade todo
40 Esse acordar de chamas e de lodo.

---

22 **Baltazares:** referência ao filho de Nabucodonosor, rei Baltazar da Babilônia, o qual, no meio de uma festa em que usa os utensílios do Templo de Jerusalém, tem a visão de sua queda. Daniel interpreta a visão e é recompensado. O rei é assassinado na mesma noite. Refere-se, no contexto, aos homens ímpios.

26 **flamifortes:** neologismo referente a chamas fortes.

33 **cavo:** oco.

34 **torvo:** o que causa medo e horror; sombrio; **travo:** amargor, impressão dolorosa. Notem-se a aliteração e a sinestesia em "torvo travo".

36 **mordazes:** que agridem com rigor; cáusticos.

Tal é a poeira extrema confundida
Da morte a raios de ouro de outra Vida.

Tais são as convulsões do último arranco
Presas a um sonho celestial e branco.

45 Tais são os vagos círculos inquietos
Dos teus giros de lágrimas secretos.

Mas, de repente, eis que te reconheço,
Sinto da tua vida o amargo preço.

Eis que te reconheço escravizada,
50 Divina Mãe, na Dor acorrentada.

Que reconheço a tua boca presa
Pela mordaça de uma sede acesa

Presa, fechada pela atroz mordaça
Dos fundos desesperos da Desgraça.

55 Eis que lembro os teus olhos visionários
Cheios do fel de bárbaros Calvários.

E o teu perfil asas abrir parece
Para outra Luz onde ninguém padece...

Com doçuras feéricas e meigas
60 De Satãs juvenis, ao luar, nas veigas.

E o teu perfil forma um saudoso vulto
Como de Santa sem altar, sem culto.

Forma um vulto saudoso e peregrino
De força que voltou ao seu destino.

---

53 **atroz:** desumana, monstruosa, cruel.
56 **fel:** bile, substância amarga; **Calvários:** tormentos, martírios (em alusão ao sofrimento de Cristo).
59 **feéricas:** que pertencem ao reino da fantasia; mágicas.
60 **Satãs:** demônios; **veigas:** campos férteis.

65 De ser humano que sofrendo tanto
Purificou-se nos Azuis do Encanto.

Subiu, subiu e mergulhou sozinho,
Desamparado, no letal caminho.

Que lá chegou transfigurado e aéreo,
70 Com os aromas das flores do Mistério.

Que lá chegou e as mortas portas mudas
Fez abalar de imprecações agudas...

E vai e vai o teu perfil ansioso,
De ondulações fantásticas, brumoso.

75 E vai perdido e vai perdido, errante,
Trêmulo, triste, vaporoso, ondeante.

Vai suspirando, num suspiro vivo
Que palpita nas sombras incisivo...

Um suspiro profundo, tão profundo
80 Que arrasta em si toda a paixão do mundo.

Suspiro de martírio, de ansiedade,
De alívio, de mistério, de saudade.

Suspiro imenso, aterrador e que erra
Por tudo e tudo eternamente aterra...

85 O pandemonium de suspiros soltos
Dos condenados corações revoltos.

Suspiro dos suspiros ansiados
Que rasgam peitos de dilacerados.

---

71 Atente-se para as aliterações ("mortas"/"mudas"), assonâncias ("mortas"/"portas") e a paronomásia ("mortas portas").
72 **imprecações:** pragas, maldições.
74 **brumoso:** carregado de névoas, difícil de ver, incerto, vago.
83 **errar:** vagar sem rumo.

E mudo e pasmo e compungido e absorto,
Vendo o teu lento e doloroso giro,

Fico a cismar qual é o rio morto
Onde vai divagar esse suspiro.

---

89   **compungido**: sensibilizado, moralmente aflito.

Flores da Lua

Brancuras imortais da Lua Nova,
Frios de nostalgia e sonolência...
Sonhos brancos da Lua e viva essência
Dos fantasmas noctívagos da Cova.

5 Da noite a tarda e taciturna trova
Soluça, numa trêmula dormência...
Na mais branda, mais leve florescência
Tudo em Visões e Imagens se renova.

Mistérios virginais dormem no Espaço,
10 Dormem o sono das profundas seivas,
Monótono, infinito, estranho e lasso...

E das Origens da luxúria forte
Abrem nos astros, nas sidéreas leivas
Flores amargas do palor da Morte.

---

4   **noctívagos:** os que vagam à noite; sonâmbulos.
5   **taciturna:** melancólica, sombria, fúnebre; **trova:** cantiga, canção (na Idade Média, poema acompanhado de música).
7   **florescência:** expansão, crescimento vigoroso. Note-se que na palavra "florescência" já fica contida a palavra que dá título ao poema (flores).
10 **seivas:** líquidos nutrientes que circulam nos vegetais; por extensão, vigor físico ou mental.
11 **lasso:** prostrado, abatido, exaurido; devasso, dissoluto.
12 **luxúria:** viço, magnificência; apetite sexual.
13 **sidéreas:** relativas ao espaço sideral; **leivas:** terras adequadas ao cultivo.
14 **palor:** palidez.

Tédio*

Vala comum de corpos que apodrecem,
Esverdeada gangrena
Cobrindo vastidões que fosforescem
Sobre a esfera terrena.

5 Bocejo torvo de desejos turvos,
Languescente bocejo
De velhos diabos de chavelhos curvos
Rugindo de desejo.

Sangue coalhado, congelado, frio,
10 Espasmado nas veias...
Pesadelo sinistro de algum rio
De sinistras sereias...

Alma sem rumo, a modorrar de sono,
Mole, túrbida, lassa...
15 Monotonias lúbricas de um mono
Dançando numa praça...

Mudas epilepsias, mudas, mudas,
Mudas epilepsias,
Masturbações mentais, fundas, agudas,
20 Negras nevrostenias.

---

* **Tédio:** sensação de desgosto, aborrecimento ou enfado, sem que haja causas aparentes para isso; melancolia; *spleen* (que, em inglês, significa "baço", o órgão que foi considerado sede da melancolia).

5 **torvo:** sombrio, amedrontador; **turvos:** sombrios, desequilibrados (note-se a paronomásia "torvo"/"turvos").

6 **languescente:** que definha; que assume expressão sensual.

7 **chavelhos:** chifres, cornos.

13 **modorrar:** sentir irresistível desejo de dormir.

14 **túrbida:** sem luz, turva, sombria; que inquieta ou traz perturbação; **lassa:** fatigada, dissoluta.

15 **lúbricas:** lascivas, sensuais; **mono:** macaco.

20 **nevrostenias:** nevroses, neuroses (notem-se a aliteração e a sinestesia em "negras nevrostenias").

ANTOLOGIA POÉTICA **145**

Flores sangrentas do soturno vício
    Que as almas queima e morde...
Música estranha de letal suplício,
    Vago, mórbido acorde...

25 Noite cerrada para o Pensamento
        Nebuloso degredo
    Onde em cavo clangor surdo do vento
        Rouco pragueja o medo.

    Plaga vencida por tremendas pragas,
30   Devorada por pestes,
    Esboroada pelas rubras chagas
        Dos incêndios celestes.

    Sabor de sangue, lágrimas e terra
        Revolvida de fresco,
35 Guerra sombria dos sentidos, guerra,
        Tantalismo dantesco.

    Silêncio carregado e fundo e denso
        Como um poço secreto,
    Dobre pesado, carrilhão imenso
40   Do segredo inquieto...

    Florescência do Mal, hediondo parto
        Tenebroso do crime,

---

26 **degredo**: banimento; exílio da vida social.
27 **cavo**: côncavo, oco, rouco; **clangor**: som estridente, como o da trompeta e da trompa.
29 **plaga**: região, país.
31 **esboroada**: desfeita em pó, pulverizada.
36 **tantalismo**: tentação cruel e penosa, suplício terrível; relativo a Tântalo (mitologia grega). Tendo revelado aos homens segredos do Olimpo e trazido aos mortais o néctar e a ambrosia reservados aos deuses, foi condenado ao sofrimento eterno. Nunca consegue beber ou alimentar-se, pois a água e a comida afastam-se quando tenta aproximar-se delas; **dantesco**: infernal, horrendo, diabólico. Originalmente, relativo ao escritor italiano precursor do renascimento, Dante Alighieri (1265-1321), autor de *A divina comédia*, poema composto de três partes: Inferno, Purgatório e Paraíso.
39 **dobre**: toque especial dos sinos em certas cerimônias religiosas.

Pandemonium feral de ventre farto
Do Nirvana sublime.

45 Delírio contorcido, convulsivo
De felinas serpentes,
No silamento e no mover lascivo
Das caudas e dos dentes.

Porco lúgubre, lúbrico, trevoso
50 Do tábido pecado,
Fuçando colossal, formidoloso
Nos lodos do passado.

Ritmos de forças e de graças mortas,
Melancólico exílio,
55 Difusão de um mistério que abre portas
Para um secreto idílio...

Ócio das almas ou requinte delas,
Quint'essências, velhices
De luas de nevroses amarelas,
60 Venenosas meiguices.

Insônia morna e doente dos Espaços,
Letargia funérea,
Vermes, abutres a corroer pedaços
Da carne deletéria.

---

43 **Pandemonium**: nome dado, pelo poeta inglês John Milton (1608-1674), autor de *Paraíso perdido*, ao palácio de Satã, o anjo rebelado; por extensão, os espaços infernais; **feral**: fúnebre, lúgubre.
44 **Nirvana**: no budismo, extinção total do sofrimento humano por meio da supressão do desejo e do apego à individualidade.
47 **silamento**: neologismo que remete ao silêncio e à quietude dos mortos; **lascivo**: sensual, voluptuoso.
49 **lúgubre**: funéreo, macabro; **trevoso**: tenebroso, sombrio, amedrontador.
50 **tábido**: podre, decomposto, putrefato.
51 **formidoloso**: neologismo com dimensões extraordinárias do que é enganoso e pérfido.
56 **idílio**: poema pastoril; por extensão, devaneio, utopia bucólica.
58 **quint'essências**: os mais puros, os mais refinados; essenciais.
62 **letargia**: estado de profunda inconsciência; apatia, desinteresse.
64 **deletéria**: que possui elemento destrutivo ao corpo ou à moral.

65 Um misto de saudade e de tortura,
   De lama, de ódio e de asco,
   Carnaval infernal da Sepultura,
   Risada do carrasco.

   Ó tédio amargo, ó tédio dos suspiros,
70   Ó tédio d'ansiedades!
   Quanta vez eu não subo nos teus giros
   Fundas eternidades!

   Quanta vez envolvido do teu luto
     Nos sudários profundos
75 Eu, calado, a tremer, ao longe, escuto
   Desmoronarem mundos!

   Os teus soluços, todo o grande pranto,
     Taciturnos gemidos,
   Fazem gerar flores de amargo encanto
80   Nos corações doridos.

   Tédio! que pões nas almas olvidadas
     Ondulações de abismo
   E sombras vesgas, lívidas, paradas,
     No mais feroz mutismo!

85 Tédio do Réquiem do Universo inteiro,
     Morbus negro, nefando,
   Sentimento fatal e derradeiro
     Das estrelas gelando...

   O Tédio! Rei da Morte! Rei boêmio!
90   Ó Fantasma enfadonho!

---

74 **sudários**: lençóis com que se envolviam os cadáveres. Também aqui, como em muitos outros termos, nota-se a referência indireta ao mito cristão, na alusão ao Santo Sudário, lençol que envolveu o corpo de Cristo.
78 **taciturnos**: tristes, melancólicos, macabros.
81 **olvidadas**: esquecidas.
85 **Réquiem**: oração aos mortos.
86 **Morbus**: doença, aflição; **nefando**: aquilo de que não se deve falar, por ser indigno ou degradado.
90 **enfadonho**: que causa aborrecimento.

És o sol negro, o criador, o gêmeo,
Velho irmão do meu sonho!

COMENTÁRIO CRÍTICO

O tema do tédio surge na literatura moderna com o romantismo e, em meados do século XIX, ganha relevância sobretudo na França, com Charles Baudelaire (1821-1867). O tédio, ou *spleen*, é, na literatura, a melancolia sem causa aparente, a inação que governa os espíritos daqueles que, avessos ao ritmo da civilização moderna e profundamente imersos em si mesmos, anseiam pela cessação de todos os conflitos no Nada. *Spleen* e ideal são pêndulos de uma mesma atitude lírica que, desejando ora a inércia, ora a totalidade, reafirma simbolicamente sua profunda insatisfação. No decadentismo, o tema do tédio ocupa lugar privilegiado, como a indicar a aversão ao ritmo da vida moderna. Na literatura brasileira, o culto ao tédio ficou conhecido sobretudo na lírica de Álvares de Azevedo (1831--1852), jovem poeta romântico.

"Tédio", de Cruz e Sousa, se insere de forma muito peculiar na tradição romântico-decadentista. A subjetividade lírica entoa o canto de louvor e de invocação ao tédio, por meio de metaforizações sucessivas, que personificam o estado psíquico como algo que está fora do sujeito lírico. As imagens grotescas e quase sempre lúgubres ("Vala comum de corpos que apodrecem"; "sangue coalhado", "florescência do Mal", entre tantas outras que organizam a composição dos 23 quartetos) parecem conotar os aspectos negativos desse sentimento que, mais do que um dilema psíquico individual, paira sobre os homens, trazendo o horror, as doenças, os vícios (veja-se a enumeração das imagens nos 17 quartetos iniciais). Contudo, aquilo que parecia constituir o indesejável e o repugnante paradoxalmente é apresentado como o sentimento que permite o acesso ao transcendente. Ele é, assim, sintoma de uma nostalgia pelo bem perdido: as esferas desconhecidas, enigmáticas e sublimes ("Difusão de um mistério que abre as portas/ Para um secreto idílio...", versos 55 e 56). O pútrido ("vala comum dos corpos que apodrecem", verso 1), as catástrofes (versos 29-32), o mal demoníaco, o fúnebre – todos semeiam, como se formula ao final, na contraposição surpreendente, o Ideal que se encarna no Tédio. Na imagem do "sol negro", o sol que não ilumina, reafirma-se a poesia da negatividade: do não harmônico, do horrendo, surgirá a criação das flores "de amargo encanto".

Caveira

I
Olhos que foram olhos, dois buracos
Agora, fundos, no ondular da poeira...
Nem negros, nem azuis e nem opacos.
Caveira!

II
5 Nariz de linhas, correções audazes,
De expressão aquilina e feiticeira,
Onde os olfatos virginais, falazes?!
Caveira! Caveira!!

III
Boca de dentes límpidos e finos,
10 De curva leve, original, ligeira,
Que é feito dos teus risos cristalinos?!
Caveira! Caveira!! Caveira!!!

---

5 **audazes:** arrojadas, audaciosas.
6 **aquilina:** recurvada (como o bico da águia).
7 **falazes:** que enganam, que iludem.

Réquiem do Sol*

Águia triste do Tédio, sol cansado,
Velho guerreiro das batalhas fortes!
Das ilusões as trêmulas coortes
Buscam a luz do teu clarão magoado...

5   A tremenda avalanche do Passado
Que arrebatou tantos milhões de mortes
Passa em tropel de trágicos Mavortes
Sobre o teu coração ensanguentado...

Do alto dominas vastidões supremas,
10   Águia do Tédio presa nas algemas
Da Legenda imortal que tudo engelha...

Mas lá, na Eternidade, de onde habitas,
Vagam finas tristezas infinitas,
Todo o mistério da beleza velha!

---

*   **Réquiem:** é o nome da prece aos mortos que se inicia com as palavras *Requiem aeternum* – repouso eterno. O termo, religioso, é aqui aplicado ao movimento da Natureza idealizada, o Sol.
3   **coortes:** legiões do exército romano; grande número de pessoas.
7   **Mavortes:** relativo a Mavorte, nome de Marte, deus da guerra.
11   **engelhar:** enrugar.

Esquecimento

Ó Estrelas tranquilas, esquecidas
No seio das Esferas,
Velhos bilhões de lágrimas, de vidas,
Refulgentes Quimeras.

5 Astros que recordais infâncias de ouro,
Castidades serenas,
Irradiações de mágico tesouro,
Aromas de açucenas.

Rosas de luz do céu resplandecente
10 Ó Estrelas divinas,
Sereias brancas da região do Oriente,
Ó Visões peregrinas!

Aves de ninhos de frouxéis de prata
Que cantais no Infinito
15 As Letras da Canção intemerata
Do Mistério bendito.

Turíbulos de graça e encantamento
Das sidéreas umbelas,
Desvendai-me as Mansões do Esquecimento,
20 Radiantes sentinelas.

Dizei que palidez de mortos lírios
Há por estas estradas
E se terminam todos os martírios
Nas brumas encantadas.

---

4 **refulgentes**: resplandecentes, brilhantes; **quimeras**: monstros fantásticos; por derivação, qualquer coisa que cause horror; fantasia, ilusão, sonho.
8 **açucenas**: plantas ornamentais ou medicinais.
13 **frouxéis**: penugens.
15 **intemerata**: não corrompida, pura, íntegra.
17 **turíbulos**: recipientes circulares em cujo interior se queima incenso, usados em funções litúrgicas.
18 **sidéreas**: relativas ao espaço sideral; **umbelas**: objetos em forma de guarda-chuva; pequenos pálios que recobrem o sacerdote.

Se nessas brumas encantadas choram
    Os anseios da Terra,
Se os lírios mortos que há por lá se auroram
    De púrpuras de guerra.

Se as que há por cá titânicas cegueiras,
    Atordoadas vitórias,
Embebedam os seres nas poncheiras
    E no gozo das glórias!

O céu é o berço das estrelas brancas
    Que dormem de cansaço...
E das almas olímpicas e francas
    O ridente regaço...

Só ele sabe, o claro céu tranquilo
    Dos grandes resplendores,
Qual é das almas o eternal sigilo,
    Qual o cunho das dores.

Só ele sabe, o céu das quint'essências,
    O Esquecimento ignoto
Que tudo envolve nas letais diluências
    De um ocaso remoto...

O Esquecimento é flor, sutil, celeste,
    De palidez risonha.
A alma das coisas languemente veste
    De um véu, como quem sonha.

Tudo no esquecimento se adelgaça...
    E nas zonas de tudo

---

29 **titânicas**: colossais, referentes aos gigantes mitológicos que queriam destronar Zeus.
40 **cunho**: marca, sinal.
41 **quint'essências**: os mais puros, os mais refinados; essenciais.
42 **ignoto**: desconhecido.
47 **languemente**: doentiamente, sensualmente.
49 **adelgaçar**: afinar, tornar-se menos denso, desengrossar.

Na candura de tudo, extremo, passa
Certo mistério mudo.

Como que o coração fica cantando
Porque, trêmulo, esquece,
Vivendo a vida de quem vai sonhando
E no sonho estremece...

Como que o coração fica sorrindo
De um modo grave e triste,
Languidamente a meditar, sentindo
Que o esquecimento existe.

Sentindo que um encanto etéreo e mago,
Mas um lívido encanto,
Põe nos semblantes um luar mais vago,
Enche tudo de pranto.

Que um concerto de súplicas, de mágoa,
De martírios secretos,
Vai os olhos tornando rasos d'água
E turvando os objetos...

Que um soluço cruel, desesperado
Na garganta rebenta...
Enquanto o Esquecimento alucinado
Move a sombra nevoenta!

Ó rio roxo e triste, ó rio morto,
Ó rio roxo, amargo...
Rio de vãs melancolias de Horto
Caídas do céu largo!

Rio do esquecimento tenebroso,
Amargamente frio,

---

51 **candura**: pureza, ingenuidade.
75 **Horto**: referência ao episódio da vida de Cristo, quando transpira sangue no Horto das Oliveiras, antes de sua prisão pelos romanos.

Amargamente sepulcral, lutuoso,
　　　Amargamente rio!

Quanta dor nessas ondas que tu levas,
　　　Nessas ondas que arrastas,
Quanto suplício nessas tuas trevas,
　　　Quantas lágrimas castas!

Ó meu verso, ó meu verso, ó meu orgulho,
　　　Meu tormento e meu vinho,
Minha sagrada embriaguez e arrulho
　　　De aves formando ninho.

Verso que me acompanhas no Perigo
　　　Como lança preclara,
Que este peito defende do inimigo
　　　Por estrada tão rara!

Ó meu verso, ó meu verso soluçante,
　　　Meu segredo e meu guia,
Tem dó de mim lá no supremo instante
　　　Da suprema agonia.

Não te esqueças de mim, meu verso insano,
　　　Meu verso solitário,
Minha terra, meu céu, meu vasto oceano,
　　　Meu templo, meu sacrário.

Embora o esquecimento vão dissolva
　　　Tudo, sempre, no mundo,
Verso! que ao menos o meu ser se envolva
　　　No teu amor profundo!

Esquecer é andar entre destroços
　　　Que além se multiplicam,

90　**preclara**: de grande beleza ou sabedoria.
100　**sacrário**: lugar onde se guardam os objetos sagrados; por extensão, lugar onde estão os sentimentos mais íntimos e profundos.

Sem reparar na lividez dos ossos
Nem nas cinzas que ficam...

É caminhar por entre pesadelos,
110 Sonâmbulo perfeito,
Coberto de nevoeiros e de gelos,
Com certa ânsia no peito.

Esquecer é não ter lágrimas puras,
Nem asas para beijos
115 Que voem procurando sepulturas
E queixas e desejos!

Esquecimento! eclipse de horas mortas.
Relógio mudo, incerto,
Casa vazia... de cerradas portas,
120 Grande vácuo, deserto.

Cinza que cai nas almas, que as consome,
Que apaga toda a flama,
Infinito crepúsculo sem nome,
Voz morta à voz que a chama.

125 Harpa da noite, irmã do Imponderável,
De sons langues e enfermos,
Que Deus com o seu mistério formidável
Faz calar pelos ermos.

Solidão de uma plaga extrema e nua,
130 Onde trágica e densa
Chora seus lírios virginais a lua
Lividamente imensa.

Silêncio dos silêncios sugestivos,
Grito sem eco, eterno

---

125 **Imponderável:** aquilo que não pode ser pesado, calculado, avaliado.
128 **ermos:** lugares desérticos.
129 **plaga:** extensão de terra, território, país.

135   Sudário dos Azuis contemplativos,
        Florescência do Inferno.

      Esquecimento! Fluido estranho, de ânsias,
        De negra majestade,
      Soluço nebuloso das Distâncias
140   Enchendo a Eternidade!

---

135   **sudário**: lençol que envolve o cadáver; mortalha.

Violões que Choram...

Ah! plangentes violões dormentes, mornos,
Soluços ao luar, choros ao vento...
Tristes perfis, os mais vagos contornos,
Bocas murmurejantes de lamento.

5 Noites de além, remotas, que eu recordo,
Noites da solidão, noites remotas
Que nos azuis da Fantasia bordo,
Vou constelando de visões ignotas.

Sutis palpitações à luz da lua,
10 Anseio dos momentos mais saudosos,
Quando lá choram na deserta rua
As cordas vivas dos violões chorosos.

Quando os sons dos violões vão soluçando,
Quando os sons dos violões nas cordas gemem,
15 E vão dilacerando e deliciando,
Rasgando as almas que nas sombras tremem.

Harmonias que pungem, que laceram,
Dedos nervosos e ágeis que percorrem
Cordas e um mundo de dolências geram,
20 Gemidos, prantos, que no espaço morrem...

E sons soturnos, suspiradas mágoas,
Mágoas amargas e melancolias,
No sussurro monótono das águas,
Noturnamente, entre ramagens frias.

---

1   **plangentes:** que soam tristemente.
8   **ignotas:** desconhecidas.
17 **pungir:** ferir com instrumento pontiagudo, atormentar, estimular.
19 **dolências:** tristezas.
21 **soturnos:** tristonhos, assustadores, lúgubres. Note-se a aliteração em "sons soturnos".

25 Vozes veladas, veludosas vozes,
Volúpias dos violões, vozes veladas,
Vagam nos velhos vórtices velozes
Dos ventos, vivas, vãs, vulcanizadas.

Tudo nas cordas dos violões ecoa
30 E vibra e se contorce no ar, convulso...
Tudo na noite, tudo clama e voa
Sob a febril agitação de um pulso.

Que esses violões nevoentos e tristonhos
São ilhas de degredo atroz, funéreo,
35 Para onde vão, fatigadas do sonho,
Almas que se abismaram no mistério.

Sons perdidos, nostálgicos, secretos,
Finas, diluídas, vaporosas brumas,
Longo desolamento dos inquietos
40 Navios a vagar à flor d'espumas.

Oh! languidez, languidez infinita,
Nebulosas de sons e de queixumes,
Vibrado coração de ânsia esquisita
E de gritos felinos de ciúmes!

45 Que encantos acres nos vadios rotos
Quando em toscos violões, por lentas horas,
Vibram, com a graça virgem dos garotos,
Um concerto de lágrimas sonoras!

---

25 **veladas**: encobertas com véus.
27 **vórtices**: turbilhões, remoinhos.
28 **vulcanizadas**: em que ocorreu vulcanização, processo aplicado a determinados materiais para obter mais força, elasticidade e resistência.
34 **degredo**: afastamento compulsório ou voluntário do convívio social, banimento; **atroz**: cruel, monstruoso; **funéreo**: fúnebre.
41 **languidez**: voluptuosidade, qualidade do que é mórbido.
45 **acres**: amargos, dolorosos, tormentosos.

Quando uma voz, em trêmolos, incerta,
50   Palpitando no espaço, ondula, ondeia,
E o canto sobe para a flor deserta,
Soturna e singular da lua cheia.

Quando as estrelas mágicas florescem,
E no silêncio astral da Imensidade
55   Por lagos encantados adormecem
As pálidas ninfeias da Saudade!

Como me embala toda essa pungência,
Essas lacerações como me embalam,
Como abrem asas brancas de clemência
60   As harmonias dos Violões que falam!

Que graça ideal, amargamente triste,
Nos lânguidos bordões plangendo passa...
Quanta melancolia de anjo existe
Nas Visões melodiosas dessa graça.

65   Que céu, que inferno, que profundo inferno,
Que ouros, que azuis, que lágrimas, que risos,
Quanto magoado sentimento eterno
Nesses ritmos trêmulos e indecisos...

Que anelos sexuais de monjas belas
70   Nas ciliciadas carnes tentadoras,
Vagando no recôndito das celas,
Por entre as ânsias dilaceradoras...

Quanta plebeia castidade obscura
Vegetando e morrendo sobre a lama,

---

49   **trêmolos:** ornamentos musicais que consistem na repetição rápida de uma ou mais notas.
56   **ninfeias:** ervas aquáticas.
57   **pungência:** opressão, angústia.
62   **bordões:** fórmulas musicais repetidas cadenciadamente.
69   **monjas:** religiosas que vivem em mosteiros, afastadas da sociedade.
70   **ciliciadas:** mortificadas com cilício, a faixa de pano com pontas de ferro.
71   **recôndito:** oculto, desconhecido.

75 Proliferando sobre a lama impura,
Como em perpétuos turbilhões de chama.

Que procissão sinistra de caveiras,
De espectros, pelas sombras mortas, mudas...
Que montanhas de dor, que cordilheiras
80 De agonias aspérrimas e agudas.

Véus neblinosos, longos véus de viúvas
Enclausuradas nos ferais desterros,
Errando aos sóis, aos vendavais e às chuvas,
Sob abóbadas lúgubres de enterros;

85 Velhinhas quedas e velhinhos quedos
Cegas, cegos, velhinhas e velhinhos,
Sepulcros vivos de senis segredos,
Eternamente a caminhar sozinhos;

E na expressão de quem se vai sorrindo,
90 Com as mãos bem juntas e com os pés bem juntos
E um lenço preto o queixo comprimindo,
Passam todos os lívidos defuntos...

E como que há histéricos espasmos
Na mão que esses violões agita, largos...
95 E o som sombrio é feito de sarcasmos
E de Sonambulismos e letargos.

Fantasmas de galés de anos profundos
Na prisão celular atormentados,
Sentindo nos violões os velhos mundos
100 Da lembrança fiel de áureos passados;

---

82 **ferais:** fúnebres; lúgubres.
83 **errar:** vagar sem rumo.
84 **lúgubres:** relativas à morte e aos funerais.
85 **quedos:** imóveis.
96 **letargos:** estados de profunda inconsciência, letargias.
97 **galés:** embarcações impelidas por remos; por extensão, os trabalhos forçados executados por prisioneiros agrilhoados nessas embarcações.

Meigos perfis de tísicos dolentes
Que eu vi dentre os violões errar gemendo,
Prostituídos de outrora, nas serpentes
Dos vícios infernais desfalecendo;

105 Tipos intonsos, esgrouviados, tortos,
Das luas tardas sob o beijo níveo,
Para os enterros dos seus sonhos mortos
Nas queixas dos violões buscando alívio;

Corpos frágeis, quebrados, doloridos,
110 Frouxos, dormentes, adormidos, langues
Na degenerescência dos vencidos
De toda a geração, todos os sangues;

Marinheiros que o mar tornou mais fortes,
Como que feitos de um poder extremo
115 Para vencer a convulsão das mortes,
Dos temporais o temporal supremo;

Veteranos de todas as campanhas,
Enrugados por fundas cicatrizes,
Procuram nos violões horas estranhas,
120 Vagos aromas, cândidos, felizes.

Ébrios antigos, vagabundos velhos,
Torvos despojos da miséria humana,
Têm nos violões secretos Evangelhos,
Toda a Bíblia fatal da dor insana.

125 Enxovalhados, tábidos palhaços
De carapuças, máscaras e gestos

---

101 **tísicos:** tuberculosos.
105 **intonsos:** desgrenhados, com cabelos e pelos sem corte; também indivíduos muito altos e magros; **esgrouviados:** desgrenhados, com cabelos revoltos.
111 **degenerescência:** degeneração, declínio, depravação.
122 **torvos:** sombrios, pesados, negros, aterrorizantes.
125 **tábidos:** podres, com as carnes decompostas.

Lentos e lassos, lúbricos, devassos,
Lembrando a florescência dos incestos;

Todas as ironias suspirantes
130 Que ondulam no ridículo das vidas,
Caricaturas tétricas e errantes
Dos malditos, dos réus, dos suicidas;

Toda essa labiríntica nevrose
Das virgens nos românticos enleios;
135 Os ocasos do Amor, toda a clorose
Que ocultamente lhes lacera os seios;

Toda a mórbida música plebeia
De requebros de faunos e ondas lascivas;
A langue, mole e morna melopeia
140 Das valsas alanceadas, convulsivas;

Tudo isso, num grotesco desconforme,
Em ais de dor, em contorções de açoites,
Revive nos violões, acorda e dorme
Através do luar das meias-noites!

(jan. 1897)

---

127 **lassos:** fatigados, desgostosos, dissolutos.
133 **nevrose:** neurose.
134 **enleios:** arrebatamentos, envolvimentos, enredamentos.
135 **clorose:** tipo de anemia que traz um tom amarelo-esverdeado ao rosto.
138 **faunos:** segundo a mitologia grega, divindades do campo, metade homem e metade animal (pés de cabra e cornos), que viviam nos bosques e protegiam os rebanhos; seguidores de Dioniso, o deus da fecundação.
139 **melopeia:** melodia que acompanha a recitação; cantiga melancólica.
140 **alanceadas:** feridas com lança; por extensão, ultrajadas.

Olhos do Sonho

Certa noite soturna, solitária,
Vi uns olhos estranhos que surgiam
Do fundo horror da terra funerária
Onde as visões sonâmbulas dormiam...

5 Nunca tais olhos divisei acaso
Com meus olhos mortais, alucinados...
Nunca da terra neste leito raso
Outros olhos eu vi transfigurados.

A luz que os revestia e alimentava
10 Tinha o fulgor das ardentias vagas,
Um demônio noctâmbulo espiava
De dentro deles como de ígneas plagas.

E os olhos caminhavam pela treva
Maravilhosos e fosforescentes...
15 Enquanto eu ia como um ser que leva
Pesadelos fantásticos, trementes...

Na treva só os olhos, muito abertos,
Seguiam para mim com majestade,
Um sentimento de cruéis desertos
20 Me apunhalava com atrocidade.

Só os olhos eu via, só os olhos
Nas cavernas da treva destacando:
Faróis de augúrio nos ferais escolhos,
Sempre, tenazes, para mim olhando...

---

1 **soturna:** triste, envolta em trevas, medonha.
10 **fulgor:** luminosidade, brilho; **ardentias:** fosforescência do mar causada pela presença de micro-organismos.
11 **noctâmbulo:** sonâmbulo, que vaga à noite.
12 **ígneas:** relativas ao fogo, chamejantes; **plagas:** regiões, países.
23 **augúrio:** presságio, prenúncio, agouro; **ferais:** fúnebres, que evocam a ideia de mortos; **escolhos:** recifes à flor das águas; obstáculo. Note-se o extraordinário tratamento aliterativo em todo o verso.
24 **tenazes:** obstinados, persistentes.

25 Sempre tenazes para mim, tenazes,
Sem pavor e sem medo, resolutos,
Olhos de tigres e chacais vorazes
No instante dos assaltos mais astutos.

Só os olhos eu via! — o corpo todo
30 Se confundia com o negror em volta...
Ó alucinações fundas do lodo
Carnal, surgindo em tenebrosa escolta!

E os olhos me seguiam sem descanso,
Numa perseguição de atras voragens,
35 Nos narcotismos dos venenos mansos,
Como dois mudos e sinistros pajens.

E nessa noite, em todo o meu percurso,
Nas voltas vagas, vãs e vacilantes
Do meu caminho, esses dois olhos de urso
40 Lá estavam tenazes e constantes.

Lá estavam eles, fixamente eles,
Quietos, tranquilos, calmos e medonhos...
Ah! quem jamais penetrará naqueles
Olhos estranhos dos eternos sonhos!

(jan. 1897)

---

34 atras: negras; por extensão, tristes, que produzem maus presságios.
35 narcotismos: efeitos produzidos por drogas, narcóticos.

Música da Morte

A Música da Morte, a nebulosa,
Estranha, imensa música sombria,
Passa a tremer pela minh'alma e fria
Gela, fica a tremer, maravilhosa...

5 Onda nervosa e atroz, onda nervosa,
Letes sinistro e torvo da agonia,
Recresce a lancinante sinfonia,
Sobe, numa volúpia dolorosa...

Sobe, recresce, tumultuando e amarga,
10 Tremenda, absurda, imponderada e larga,
De pavores e trevas alucina...

E alucinando e em trevas delirando,
Como um ópio letal, vertiginando,
Os meus nervos, letárgica, fascina...

---

5 **atroz**: cruel, desumana, assustadora.
6 **Letes**: rio da mitologia grega que se situava à entrada do Hades, o Inferno, e cujas águas tinham de ser bebidas pelos mortos para obterem o esquecimento das coisas do mundo; **torvo**: tristonho, aterrorizante.

Requiem*

Como os salmos dos Evangelhos celestiais,
Os sonhos que eu amei hão de acabar,
Quando o meu corpo, trêmulo, dos velhos
Nos gelados outonos penetrar.

5 O rosto encarquilhado e as mãos já frias,
Engelhadas, convulsas, a tremer,
Apenas viverei das nostalgias
Que fazem para sempre envelhecer.

Por meus olhos sem brilho e fatigados
10 Como sombras de outrora, passarão
As ilusões de uns olhos constelados
Que da Vida douraram-me a Ilusão.

Mas tudo, enfim, as bocas perfumosas,
O mar, o campo e tudo quanto amei,
15 As auroras, o sol, pássaros, rosas,
Tudo rirá do estado a que cheguei.

Do brilho das estrelas cristalinas
Virá um riso irônico de dor,
E da minh'alma subirão neblinas,
20 Incensos vagos, cânticos d'amor.

Por toda a parte o amargo escárnio fundo,
Sem já mais nada para mim florir,
As risadas vandálicas do mundo
Secos desdéns por toda a parte a rir.

25 Que hão de ser vãos esforços da memória
Para lembrar os tempos virginais,

---

* **Requiem**: oração aos mortos.
5 **encarquilhado**: enrugado, ressequido, sem viço.
6 **engelhadas**: encarquilhadas.
23 **vandálicas**: relativas àquilo que destrói coisas belas, valiosas, históricas.

168 BOM LIVRO

As rugas da matéria transitória
Hão de lá estar como a dizer: — jamais!

E hei de subir transfigurado e lento
Altas montanhas cheias de visões,
Onde gelaram, num luar nevoento,
Tantos e solitários corações.

Recordarei as íntimas ternuras,
De seres raros, porém mortos já,
E de mim, do que fui, pelas torturas
Deste viver pouco me lembrará.

O mundo clamará sinistramente
Daquele que a velhice alquebra e alui...
Mas ah! por mais que clame toda a gente
Nunca dirá o que de certo eu fui.

E os dias frios e ermos da Existência
Cairão num crepúsculo mortal,
Na soluçante, mística plangência
Dos órgãos de uma estranha catedral.

Para me ungir no derradeiro e ansioso
Olhar que a extrema comoção traduz,
Sob o celeste pálio majestoso
Hão de passar os Viáticos da luz.

---

38 **alquebrar:** curvar, abater, prostrar; **aluir:** desabar, cair, ameaçar ruir.
41 **ermos:** lugares desérticos.
45 **ungir:** aplicar óleos consagrados.
47 **pálio:** manto, capa; nas cerimônias litúrgicas, sobrecéu que cobre a pessoa festejada ou o padre.
48 **Viáticos:** termo litúrgico referente a sacramentos da comunhão ministrados a enfermos e moribundos.

Litania dos Pobres*

Os miseráveis, os rotos
São as flores dos esgotos.

São espectros implacáveis
Os rotos, os miseráveis.

5 São prantos negros de furnas
Caladas, mudas, soturnas.

São os grandes visionários
Dos abismos tumultuários.

As sombras das sombras mortas,
10 Cegos, a tatear nas portas.

Procurando o céu, aflitos
E varando o céu de gritos.

Faróis à noite apagados
Por ventos desesperados.

15 Inúteis, cansados braços
Pedindo amor aos Espaços.

Mãos inquietas, estendidas
Ao vão deserto das vidas.

Figuras que o Santo Ofício
20 Condena a feroz suplício.

---

* **Litania:** termo litúrgico referente à ladainha, oração em forma de curtas invocações à divindade repetidas pelos fiéis.
1 **rotos:** esfarrapados, rasgados; por extensão, desrespeitados.
3 **espectros:** fantasmas.
5 **furnas:** subterrâneos.
6 **soturnas:** escuras, assustadoras, melancólicas.
19 **Santo Ofício:** referência ao Tribunal da Inquisição, criado em 1231 (durante a Contrarreforma), que punia homens e mulheres considerados hereges, isto é, os que não professassem a fé católica; neste contexto, os representantes do poder.

Arcas soltas ao nevoento
Dilúvio do Esquecimento.

Perdidas na correnteza
Das culpas da Natureza.

25 Ó pobres! Soluços feitos
Dos pecados imperfeitos!

Arrancadas amarguras
Do fundo das sepulturas.

Imagens dos deletérios,
30 Imponderáveis mistérios.

Bandeiras rotas, sem nome,
Das barricadas da fome.

Bandeiras estraçalhadas
Das sangrentas barricadas.

35 Fantasmas vãos, sibilinos
Da caverna dos Destinos!

Ó pobres! o vosso bando
É tremendo, é formidando!

Ele já marcha crescendo,
40 O vosso bando tremendo...

---

22 **Dilúvio:** referência ao evento bíblico (no livro do Gênesis) em que Deus pune os homens por seus pecados e por desrespeitarem os seus preceitos; chuva que atingiu toda a superfície terrestre, matando todos, com exceção de Noé, seus familiares e um casal de cada espécie animal existente na Terra.

29 **deletérios:** que são prejudiciais à saúde; que têm efeito degradante.

30 **imponderáveis:** que não podem ser avaliados ou calculados, mas que provocam graves efeitos.

32 **barricadas:** trincheiras feitas de improviso, com pedras dos calçamentos das ruas e sacos de areia. Referência provável às lutas dos operários em Paris, contra os abusos da burguesia, das quais a mais importante é a de 1848, que resultou em mortandade dos trabalhadores entrincheirados.

35 **sibilinos:** proféticos e enigmáticos.

38 **formidando:** arcaísmo que significa terrível, pavoroso, que mete medo.

Ele marcha por colinas,
Por montes e por campinas.

Nos areais e nas serras
Em hostes como as de guerras.

45 Cerradas legiões estranhas
A subir, descer montanhas.

Como avalanches terríveis
Enchendo plagas incríveis.

Atravessa já os mares,
50 Com aspectos singulares.

Perde-se além nas distâncias
A caravana das ânsias.

Perde-se além na poeira,
Das Esferas na cegueira.

55 Vai enchendo o estranho mundo
Com o seu soluçar profundo.

Como torres formidandas
De torturas miserandas.

E de tal forma no imenso
60 Mundo ele se torna denso.

E de tal forma se arrasta
Por toda a região mais vasta.

E de tal forma um encanto
Secreto vos veste tanto.

---

44 **hostes:** tropas de exército; grupo de pessoas.
48 **plagas:** regiões, territórios, países.
58 **miserandas:** lastimáveis, deploráveis.

65   E de tal forma já cresce
     O bando, que em vós parece.

     Ó Pobres de ocultas chagas
     Lá das mais longínquas plagas!

     Parece que em vós há sonho
70   E o vosso bando é risonho.

     Que através das rotas vestes
     Trazeis delícias celestes.

     Que as vossas bocas, de um vinho
     Prelibam todo o carinho...

75   Que os vossos olhos sombrios
     Trazem raros amavios.

     Que as vossas almas trevosas
     Vêm cheias de odor das rosas.

     De torpores, d'indolências
80   E graças e quint'essências.

     Que já livres de martírios
     Vêm festonadas de lírios.

     Vem nimbadas de magia,
     De morna melancolia!

85   Que essas flageladas almas
     Reverdecem como palmas.

---

74   **prelibar:** antegozar, sentir antecipadamente.
76   **amavios:** beberagens que produzem efeitos mágicos; sortilégios.
79   **indolências:** indiferenças, apatias.
80   **quint'essências:** os mais puros, os mais refinados; essenciais.
82   **festonadas:** enfeitadas com ramalhetes.
83   **nimbadas:** aureoladas, tornadas sublimes.

Balanceadas no letargo
Dos sopros que vêm do largo...

Radiantes d'ilusionismos,
Segredos, orientalismos.

Que como em águas de lagos
Boiam nelas cisnes vagos...

Que essas cabeças errantes
Trazem louros verdejantes.

E a languidez fugitiva
De alguma esperança viva.

Que trazeis magos aspeitos
E o vosso bando é de eleitos.

Que vestes a pompa ardente
Do velho Sonho dolente.

Que por entre os estertores
Sois uns belos sonhadores.

---

87 **letargo**: letargia, estado de profunda inconsciência.
94 **louros**: folhas do loureiro, que, entre os gregos e romanos antigos, eram usadas para coroar os vencedores; neste contexto, metáfora para *triunfo*.
97 **aspeitos**: utilizado pelo poeta como variante de "aspectos", para efeito da rima.
100 **dolente**: magoado, tristonho, queixoso.
101 **estertores**: respiração ruidosa dos moribundos.

Os Monges*

Montanhas e montanhas e montanhas
Ei-los que vão galgando.
As sombras vãs das figuras estranhas
Na Terra projetando.

5 Habitam nas mansões do Imponderável
Esses graves ascetas;
Ocultando, talvez, no Inconsolável
Amarguras inquietas.

Como os reis Magos, trazem lá do Oriente
10 As alfaias preciosas,
Mas alfaias, surpreendentemente,
As mais miraculosas.

Nem incensos, nem mirras e nem ouros,
Nem mirras nem incensos,
15 Outros mais raros, mágicos tesouros
Sobre todos, imensos.

Pelos longínquos, sáfaros caminhos
Que vivem percorrendo,
A Dor, como atros, venenosos vinhos,
20 Os vai deliquescendo.

São os monges sombrios, solitários,
Como esses vagos rios

---

*   **Monges:** religiosos que vivem afastados do convívio social; neste contexto, conota os artistas que se afastam do cenário social e das convenções exigidas pela crítica.
2   **galgar:** percorrer, transpor, elevar-se.
5   **Imponderável:** o que não pode ser previsto, calculado ou pesado, mas cujos efeitos são decisivos.
6   **ascetas:** devotos que se retiram do convívio social.
9   **reis Magos:** referência ao episódio bíblico da visitação dos Reis, quando do nascimento de Cristo numa manjedoura.
10 **alfaias:** objetos de culto, paramentos religiosos.
13 **mirras:** incensos medicinais valiosos.
17 **sáfaros:** inférteis; distantes.
19 **atros:** negros, sombrios, terríveis, aterrorizantes.
20 **deliquescer:** degradar, entrar em decadência.

ANTOLOGIA POÉTICA 175

Que passam nas florestas tumultuários,
  Solitários, sombrios.

25 São monges das florestas encantadas,
    Dos ignotos tumultos,
  Almas na Terra desassossegadas,
    Desconsolados vultos.

  São os monges da Graça e do Mistério,
30   Faróis da Eternidade
  Iluminando todo o Azul sidéreo
    Da sagrada Saudade.

  — Onde e quando acharão o seu descanso
    Eles que há tanto vagam?
35 Em que dia terão esse remanso
    Os seus pés que se chagam?

  Quando caminham nas Regiões nevoentas,
    Da lua nos quebrantos,
  As suas sombras vagarosas, lentas,
40   Ganham certos encantos...

  Ficam nimbados pela luz da lua
    Os seus perfis tristonhos...
  Sob a dolência peregrina e crua
    Dos tantálicos sonhos.

45 As Ilusões são seus mantos sanguíneos
    De símbolos de dores,

---

26 **ignotos:** desconhecidos.
36 **chagar:** ferir, martirizar, atormentar.
38 **quebrantos:** feitiçarias, maus-olhados.
41 **nimbados:** aureolados, enaltecidos, glorificados.
43 **dolência:** aflição, dor, sofrimento.
44 **tantálicos:** tentados de modo cruel e penoso, suplícios terríveis; relativo a Tântalo (mitologia grega). Tendo revelado aos homens segredos do Olimpo e trazido aos mortais o néctar e a ambrosia reservados aos deuses, foi condenado ao sacrifício eterno. Nunca consegue beber ou alimentar-se, pois a água e a comida afastam-se quando tenta aproximar-se delas.

De signos, de solenes vaticínios,
De nirvânicas flores.

Benditos monges imortais, benditos
    Que etéreas harpas tangem!
Que rasgam d'alto a baixo os Infinitos,
    Infinitos abrangem.

Deixai-os ir com os seus troféus bizarros
    De humano Sentimento,
Arrebatados pelos ígneos carros
    Do augusto Pensamento.

Que os leve a graça das errantes almas,
    — Grandes asas de tudo —
Entre as Hosanas, o verdor das palmas,
    Entre o Mistério mudo!

Não importa saber que rumo trazem
    Nem se é longo esse rumo...
Eles no Indefinido se comprazem,
    São dele a chama e o fumo.

Deixai-os ir pela Amplidão a fora,
    Nos Silêncios da esfera,
Nos esplendores da eternal Aurora
    Coroados de Quimera!

Deixai-os ir pela Amplidão, deixai-os,
    No segredo profundo,
Por entre fluidos de celestes raios
    Transfigurando o mundo.

---

47   **vaticínios:** profecias, predições.
48   **nirvânicas:** relativas a Nirvana, que, no budismo, implica a extinção total do sofrimento humano por meio da supressão do desejo e do apego à individualidade.
53   **bizarros:** dignos de admiração e louvor (culto); extravagantes, excêntricos (informal).
55   **ígneos:** assemelhados ao fogo, ardentes, inflamados.
59   **Hosanas:** termo litúrgico usado para designar hinos entoados no domingo de Páscoa.
68   **Quimera:** por extensão de sentido, sonho, fantasia, ilusão.

Que só os astros que do Azul cintilam
   Pela sidérea rede
Saibam que os monges, lívidos, desfilam
   Devorados de sede...

Que ninguém mais possa saber as ânsias
   Nem sentir a Dolência
Que vinda das incógnitas Distâncias
   É dos monges a essência!

Monges, ó monges da divina Graça,
   Lá da graça divina,
Deu-vos o Amor toda a imortal couraça
   Dessa Fé que alucina.

No meio de anjos que vos abençoam
   Corações estremecem...
E tudo eternamente vos perdoam
   Os que não vos esquecem.

Toda a misericórdia dos espaços
   Vos oscule, surpresa...
E abri, serenos, largamente, os braços
   A toda a Natureza!

---

90   **oscular:** beijar.

Tristeza do Infinito

Anda em mim, soturnamente,
Uma tristeza ociosa,
Sem objetivo, latente,
Vaga, indecisa, medrosa.

5 Como ave torva e sem rumo,
Ondula, vagueia, oscila
E sobe em nuvens de fumo
E na minh'alma se asila.

Uma tristeza que eu, mudo,
10 Fico nela meditando
E meditando, por tudo
E em toda a parte sonhando.

Tristeza de não sei donde,
De não sei quando nem como...
15 Flor mortal, que dentro esconde
Sementes de um mago pomo.

Dessas tristezas incertas,
Esparsas, indefinidas...
Como almas vagas, desertas
20 No rumo eterno das vidas.

Tristeza sem causa forte,
Diversa de outras tristezas,
Nem da vida nem da morte
Gerada nas correntezas...

25 Tristeza de outros espaços,
De outros céus, de outras esferas,

---

1 **soturnamente**: melancolicamente, assustadoramente.
5 **torva**: triste, sombria.
16 **pomo**: fruto encantado, com propriedades mágicas.

De outros límpidos abraços,
De outras castas primaveras.

Dessas tristezas que vagam
Com volúpias tão sombrias
Que as nossas almas alagam
De estranhas melancolias.

Dessas tristezas sem fundo,
Sem origens prolongadas,
Sem saudades deste mundo,
Sem noites, sem alvoradas.

Que principiam no sonho
E acabam na Realidade,
Através do mar tristonho
Desta absurda Imensidade.

Certa tristeza indizível,
Abstrata, como se fosse
A grande alma do Sensível
Magoada, mística, doce.

Ah! tristeza imponderável,
Abismo, mistério aflito,
Torturante, formidável...
Ah! tristeza do Infinito!

---

45 **imponderável**: que não pode ser avaliado, calculado ou pesado, mas que tem efeitos decisivos.

Luar de Lágrimas

I
Nos estrelados, límpidos caminhos
Dos Céus, que um luar criva de prata e de ouro,
Abrem-se róseos e cheirosos ninhos,
E há muitas messes do bom trigo louro.

Os astros cantam meigas cavatinas
E na frescura as almas claras gozam
Alvoradas eternas, cristalinas,
E os Dons supremos, divinais esposam.

Lá, a florescência dos Desejos
Tem sempre um novo e original perfume,
Tudo rejuvenesce dentre harpejos
E dentre palmas verdes se resume.

As próprias mocidades e as infâncias
Das coisas tem um esplendor infindo
E as imortalidades e as distâncias
Estão sempre florindo e reflorindo.

Tudo aí se consola e transfigura
Num Relicário de viver perfeito,
E em cada uma alma peregrina e pura
Alvora o sentimento mais eleito.

Tudo aí vive e sonha o imaculado
Sonho esquisito e azul das quint'essências,
Tudo é sutil e cândido, estrelado,
Embalsamado de eternais essências.

---

2 **crivar:** transpassar.
4 **messes:** searas prontas para colheita.
5 **cavatinas:** pequenas árias para solista; melodias.
11 **harpejos:** acordes em que as notas são tocadas em modulação sequencial.
18 **Relicário:** caixa para guardar relíquias; algo de grande valor.
22 **quint'essências:** os mais puros, os mais refinados; essenciais.

25 Lá as Horas são águias, voam, voam
Com grandes asas resplandecedoras...
E harpas augustas finamente soam
As Aleluias glorificadoras.

Forasteiros de todos os matizes
30 Sentem ali felicidades castas
E os que essas libações gozam felizes
Deixam da terra as vastidões nefastas.

Anjos excelsos e contemplativos,
Soberbos e solenes, soberanos,
35 Com aspectos grandíloquos, altivos,
Sonham sorrindo, angelicais e ufanos.

Lá não existe a convulsão da Vida
Nem os tremendos, trágicos abrolhos.
Há por tudo a doçura indefinida
40 Dos azuis melancólicos de uns olhos.

Véus brancos de Visões resplandecentes
Miraculosamente se adelgaçam...
E recordando essas Visões diluentes
Dolências beethovínicas perpassam.

45 Há magos e arcangélicos poderes
Para que as existências se transformem...
E os mais egrégios e completos seres
Sonos sagrados, impolutos dormem...

---

29 **matizes**: cores.
31 **libações**: oferendas; líquidos espargidos em louvor à divindade.
32 **nefastas**: desfavoráveis, sinistras, que evocam a ideia de morte.
35 **grandíloquos**: pomposos, que se expressam com grandiloquência.
38 **abrolhos**: ervas daninhas com espinhos nas pontas.
44 **dolências**: aflições, dores, sofrimentos; **beethovínicas**: referência ao compositor alemão Ludwig van Beethoven (1770?-1827), cuja vida foi marcada por sofrimentos amorosos, pela surdez e por tragédias familiares.
47 **egrégios**: notáveis, magníficos, insignes.
48 **impolutos**: puros, virtuosos.

E lá que vagam, que plangentes erram,
50 Lá que devem vagar, decerto, flóreas,
Puras, as Almas que eu perdi, que encerram
O meu Amor nas Urnas ilusórias.

Hosanas de perdão e de bondade,
De celestial misericórdia santa
55 Abençoam toda essa claridade
Que na harmonia das Esferas canta.

Preces ardentes como ardentes sarças
Sobem no meio das divinas messes.
Lembra o voo das pombas e das garças
60 A leve ondulação de tantas preces.

E quem penetra nesse ideal Domínio,
Por entre os raios das estrelas belas,
Todo o celeste e singular escrínio,
Todo o escrínio das lágrimas vê nelas.

65 E absorto, penetrando os Céus tão calmos,
Céus de constelações que maravilham,
Não sabe, acaso, se com os brilhos almos,
São estrelas ou lágrimas que brilham.

Mas ah! das Almas esse azul letargo,
70 Esse eterno, imortal Isolamento,
Tudo se envolve num luar amargo
De Saudade, de Dor, de Esquecimento!

---

49 **plangentes**: tristonhos, chorosos (usado aqui como advérbio); **errar**: andar sem rumo.
52 **Urnas**: esquifes, caixões de defuntos.
53 **Hosanas**: termo litúrgico que designa hino de ação de Graças entoado no domingo de Ramos; cânticos de louvor.
57 **sarças**: arbustos; alusão ao episódio bíblico das Tábuas da Lei, recebidas por Moisés; o espírito divino manifestou-se nas sarças, que queimaram.
63 **escrínio**: cofre em que se guardam joias.
67 **almos**: puros, santos, adoráveis.
69 **letargo**: letargia, estado de profunda inconsciência.

Tudo se envolve nas neblinas densas
De outras recordações, de outras lembranças,
No doce luar das lágrimas imensas
Das mais inconsoláveis esperanças.

II
Ó mortos meus, ó desabados mortos!
Chego de viajar todos os portos.

Volto de ver inóspitas paragens,
As mais profundas regiões selvagens.

Andei errando por funestas tendas
Onde das almas escutei as lendas.

E tornei a voltar por uma estrada
Erma, na solidão abandonada.

Caminhos maus, atalhos infinitos
Por onde só ouvi ânsias e gritos.

Por toda a parte a rir o incêndio e a peste
Debaixo da Ilusão do Azul celeste.

Era também luar, luar lutuoso
Pelas estradas onde errei saudoso...

Era também luar, o luar das penas,
Brando luar das Ilusões terrenas.

Era um luar de triste morbideza
Amortalhando toda a natureza.

---

79 **inóspitas:** inabitáveis.
81 **funestas:** perigosas, desastrosas, fatais, que inspiram tristeza.
84 **erma:** desabitada, desértica.
90 **errar:** andar sem rumo.

95 E eu em vão busquei, Mortos queridos,
Por entre os meus tristíssimos gemidos.

Em vão pedi os filtros dos segredos
Da vossa morte, a voz dos arvoredos.

Em vão fui perguntar ao Mar que é cego
100 A lei do Mar do Sonho onde navego...

Ao Mar que é cego, que não vê quem morre
Nas suas ondas, onde o sol escorre...

Em vão fui perguntar ao Mar antigo
Qual era o vosso desolado abrigo.

105 Em vão vos procurei, cheio de chagas,
Por estradas insólitas e vagas.

Em vão andei mil noites por desertos,
Com passos espectrais, dúbios, incertos.

Em vão clamei pelo luar a fora,
110 Pelos ocasos, pelo albor da aurora.

Em vão corri nos areais terríveis
E por curvas de montes impassíveis.

Só um luar, só um luar de morte
Vagava igual a mim, com a mesma sorte.

115 Só um luar sempre calado e dúctil,
Para a minha aflição, acerbo e inútil.

---

97 **filtros:** meios de encantamento; feitiços.
106 **insólitas:** incomuns, anormais.
115 **dúctil:** manejável; que se pode conduzir.
116 **acerbo:** amargo, angustiante.

Um luar de silêncio formidável
Sempre me acompanhando, impenetrável.

Só um luar de mortos e de mortas
120 Para sempre a fechar-me as vossas portas.

E eu, já purgado dos terrestres Crimes,
Sem achar nunca essas portas sublimes.

Sempre fechado à chave de mistério
O vosso exílio pelo Azul sidéreo.

125 Só um luar de trêmulos martírios
A iluminar-me com clarões de círios.

Só um luar de desespero horrendo
Ah! sempre me pungindo e me vencendo.

Só um luar de lágrimas sem termos
130 Sempre me perseguindo pelos ermos.

E eu caminhando cheio de abandono
Sem atingir o vosso claro trono.

Sozinho para longe caminhando
Sem o vosso carinho venerando.

135 Percorrendo o deserto mais sombrio
E de abandono a tiritar de frio...

Ó Sombras meigas, ó Refúgios ternos
Ah! como penetrei tantos Infernos!

---

117 **formidável:** assustador (antigo).
124 **sidéreo:** relativo ao espaço sideral.
126 **círios:** grandes velas de cera.
128 **pungir:** ferir com objeto pontiagudo; causar grande dor moral; estimular.
134 **venerando:** que se deve venerar, com respeito.
136 **tiritar:** tremer.

Como eu desci sem vós negras escarpas,
140　Ó Almas do meu ser, ó Almas de harpas!

Como senti todo esse abismo ignaro
Sem nenhuma de vós por meu amparo.

Sem a benção gozar, serena e doce,
Que o vosso Ser aos meus cuidados trouxe.

145　Sem ter ao pé de mim o astral cruzeiro
Do vosso grande amor alvissareiro.

Por isso, ó sombras, sombras impolutas,
Eu ando a perguntar às formas brutas.

E ao vento e ao mar e aos temporais que ululam
150　Onde é que esses perfis se crepusculam.

Caminho, a perguntar, em vão, a tudo,
E só vejo um luar soturno e mudo.

Só contemplo um luar de sacrifícios,
De angústias, de tormentas, de cilícios.

155　E sem ninguém, ninguém que me responda
Tudo a minh'alma nos abismos sonda.

Tudo, sedenta, quer saber, sedenta
Na febre da Ilusão que mais aumenta.

Tudo, mas tudo quer saber, não cessa
160　De perscrutar e a perscrutar começa.

139　**escarpas:** declives muito inclinados de terreno.
141　**ignaro:** ignorado.
146　**alvissareiro:** que anuncia boas-novas.
147　**impolutas:** puras, castas.
149　**ulular:** som onomatopeico que representa certas aves noturnas; causa impressão de lamento e dor.
152　**soturno:** escuro, tristonho, melancólico, assustador.
154　**cilícios:** faixas de pano, com pontas de ferro, que os penitentes usam para se martirizar.

ANTOLOGIA POÉTICA　187

De novo sobe e desce escadarias
D'estrelas, de mistérios, de harmonias.

Sobe e não cansa, sobe sempre, austera,
Pelas escadarias da Quimera.

165 Volta, circula, abrindo as asas volta
E os voos de águia nas Estrelas solta.

Cada vez mais os voos no alto apruma
Para as etéreas amplidões da Bruma.

E tanta força na ascensão desprende
170 Da envergadura, à proporção que ascende...

Tamanho impulso, colossal, tamanho
Ganha na Altura, no Esplendor estranho.

Tanto os esforços em subir concentra,
Em tantas zonas de Prodígios entra.

175 Nas duas asas tal vigor supremo
Leva, através de todo o Azul extremo,

Que parece cem águias de atras garras
Com asas gigantescas e bizarras.

Cem águias soberanas, poderosas
180 Levantando as cabeças fabulosas.

E voa, voa, voa, voa imersa
Na grande luz dos Paramos dispersa.

---

160 **perscrutar:** investigar rigorosamente; tentar penetrar no mistério das coisas.
164 **Quimera:** por extensão, sonho, fantasia, ilusão.
177 **atras:** negras, sombrias, desastrosas, de mau agouro.
178 **bizarras:** dignas de admiração e louvor (culto); extravagantes, excêntricas (informal).
182 **Paramos:** planaltos desertos; abóbada celeste.

E voa, voa, voa, voa, voa
Nas Esferas sem fim perdida à toa.

185 Até que exausta da fadiga e sonho
Nessa vertigem, nesse errar medonho.

Até que tonta de abranger Espaços,
Da Luz nos fulgidíssimos abraços.

Depois de voar a tão sutis Encantos,
190 Vendo que as Ilusões a abandonaram,
Chora o luar das lágrimas, os prantos
Que pelos Astros se cristalizaram!

---

188 **fulgidíssimos**: muito brilhantes, resplandecentes.

COMENTÁRIO CRÍTICO

"Luar de lágrimas" é composto de duas partes que se opõem: no plano formal, quartetos e dísticos; no plano temático, espaços venturosos e desventura. O detalhe construtivo ajuda a leitura interpretativa.

Na primeira parte (I), o eu lírico, visionário, contempla os espaços ideais a que quer ter acesso, embora apenas os observe. Tais espaços se contrapõem às "vastidões nefastas" (estrofe 8), que parecem simbolizar o mundo terreno, histórico. No espaço do Ideal não há tensões: a terra é fecunda (estrofe 1), a música soa (estrofe 2) na Harmonia das Esferas (estrofe 14), o tempo não destrói (estrofe 4), todos são acolhidos (estrofe 8). A visão inefável do sublime é o alvo da subjetividade lírica que a tudo assiste sem penetrar, contudo, no mundo ideal onde anseia reencontrar os seres que perdeu (estrofe 13). O término da primeira parte é abrupto e subverte o andamento anterior. Onde havia certezas, agora se instala a dúvida. É a dor que move a fantasia ou as estrelas de fato se abrem para os Céus calmos? O luar, que havia permitido ao eu a visão das terras paradisíacas, fecha-se, "amargo" (estrofe 18), e tudo fica tomado pela neblina; a contemplação visionária termina com a impossibilidade literal de ver. E, mais que isso, com a incerteza quanto à própria visão ("Não sabe, acaso, se com os brilhos almos,/ São estrelas ou lágrimas que brilham", versos 67 e 68).

A segunda parte (II) se caracteriza pelas inversões da cena lírica. Nela, ao espaço celestial, paradisíaco, da primeira parte, contrapõe-se o espaço desolado, infernal, ao rés do chão, em que se tornou a viagem simbólica pelos quatro cantos da terra. A invocação pungente aos mortos – repetida nas estrofes 1, 10, 31, 32 e 36 – combina-se à narrativa da desventura do sujeito lírico. O luar, único companheiro da jornada, é assustador e persecutório (estrofes 7, 8, 9, 19, 20, 21, 22, 26 e 39). A procura, insistente, pelos "Mortos queridos" (estrofe 10) mostra ao eu os horrores de um mundo em tudo oposto aos espaços ideais: são desertos, areais, escarpas negras, músicas de gritos e de ais, terra inóspita.

Todos os esforços do sujeito são inúteis. O fato de não realizar seu anseio, porém, não o faz abdicar da busca; em vez disso, ele obstinadamente prossegue em seu percurso visionário. Assim, mesmo em sua viagem de desventura, o eu lírico recomeça e "De novo sobe e desce escadarias/ D'estrelas, de mistérios, de harmonias" (estrofe 43). Mesmo que os atos sejam "em vão" (como se pode notar no paralelismo que organiza as estrofes 10 a 12 e 14 a 17), a procura não cessa, num movimento às cegas de subir, descer, voltar, circular, voar, visando ao que nunca atinge ("E voa, voa, voa, voa, voa/ Nas Esferas sem fim perdida à toa"). Ao final do relato, paradoxalmente, tudo recomeça: o poema termina reapresentando o "luar de lágrimas" que abrira o poema.

O Ideal – mesmo se sabendo inalcançável ou ilusório – não cessa. A subjetividade lírica, na infatigável procura, faz dessa busca a razão de ser de sua recusa a aceitar um espaço simbólico que representa o inóspito, o desértico, o desumano. A poesia resiste, formulando o sonho do ideal impossível e o pesadelo simbólico.

Ébrios e Cegos

    Fim de tarde sombria.
Torvo e pressago todo o céu nevoento.
    Densamente chovia.
Na estrada o lodo e pelo espaço o vento.

5   Monótonos gemidos
Do vento, mornos, lânguidos, sensíveis:
    Plangentes ais perdidos
De solitários seres invisíveis...

    Dois secretos mendigos
10 Vinham, bambos, os dois, de braço dado,
    Como estranhos amigos
Que se houvessem nos tempos encontrado.

    Parecia que a bruma
Crepuscular os envolvia, absortos
15   Numa visão, n'alguma
Visão fatal de vivos ou de mortos.

    E de ambos o andar lasso
Tinha talvez algum sonambulismo,
    Como através do espaço
20 Duas sombras volteando num abismo.

    Era tateante, vago
De ambos o andar, aquele andar tateante
    De ondulação de lago,
Tardo, arrastado, trêmulo, oscilante.

25   E tardo, lento, tardo,
Mais tardo cada vez, mais vagaroso,

---

2 **torvo:** o que causa medo e horror; sombrio; **pressago:** que intui, que pressente.
6 **lânguidos:** prostrados, mórbidos, doentios; voluptuosos.
7 **plangentes:** tristes, chorosos, lamentosos.
17 **lasso:** fatigado, desgostoso, entediado, dissoluto.

       No torvo aspecto pardo
Da tarde, mais o andar era brumoso.

       Bamboleando no lodo,
Como que juntos resvalando aéreos,
       Todo o mistério, todo
Se desvendava desses dois mistérios:

       Ambos ébrios e cegos,
No caos da embriaguez e da cegueira,
       Vinham cruzando pegos
De braço dado, a sua vida inteira.

       Ninguém diria, entanto,
O sentimento trágico, tremendo,
       A convulsão de pranto
Que aquelas almas ia turvescendo.

       Ninguém sabia, certos,
Quantos os desesperos mais agudos
       Dos mendigos desertos,
Ébrios e cegos, caminhando mudos.

       Ninguém lembrava as ânsias
Daqueles dois estados meio gêmeos,
       Presos nas inconstâncias
De sofrimentos quase que boêmios.

       Ninguém diria nunca,
Ébrios e cegos, todos dois tateando,
       A que atroz espelunca
Tinham, sem vista, ido beber, bambeando.

       Que negro álcool profundo
Turvou-lhes a cabeça e que sudário

---

35   **pegos**: voragens, abismos.
40   **turvescer**: neologismo para *tornar-se turvo, sombrio*.
54   **sudário**: lençol com que se envolve o cadáver.

55   Mais pesado que o mundo
Pôs-lhes nos olhos tal horror mortuário.

E em tudo, em tudo aquilo,
Naqueles sentimentos tão estranhos.
De tamanho sigilo,
60   Como esses entes vis eram tamanhos!

Que tão fundas cavernas,
Aquelas duas dores enjaularam,
Miseráveis e eternas
Nos horríveis destinos que as geraram.

65   Que medonho mar largo,
Sem lei, sem rumo, sem visão, sem norte,
Que absurdo tédio amargo
De almas que apostam duelar com a morte!

Nas suas naturezas,
70   Entre si tão opostas, tão diversas,
Monstruosas grandezas
Medravam, já unidas, já dispersas.

Onde a noite acabava
Da cegueira feral de atros espasmos,
75   A embriaguez começava
Rasgada de ridículos sarcasmos.

E bêbadas, sem vista,
Na mais que trovejante tempestade,
Caminhando à conquista
80   Do desdém das esmolas sem piedade,

Lá iam, juntas, bambas,
— Acorrentadas convulsões atrozes —,

---

72   **medrar:** prosperar, surgir.
74   **feral:** fúnebre; **atros:** negros, tristes, desastrosos.

Ambas as vidas, ambas
Já meio alucinadas e ferozes.
85 E entre a chuva e entre a lama
E soluços e lágrimas secretas,
Presas na mesma trama,
Turvas, flutuavam, trêmulas, inquietas.

Mas ah! torpe matéria!
90 Se as atritassem, como pedras brutas,
Que chispas de miséria
Romperiam de tais almas corruptas!

Tão grande, tanta treva,
Tão terrível, tão trágica, tão triste,
95 Os sentidos subleva,
Cava outro horror, fora do horror que existe.

Pois do sinistro sonho
Da embriaguez e da cegueira enorme,
Erguia-se, medonho,
100 Da loucura o fantasma desconforme.

---

89 **torpe:** asquerosa, repulsiva, suja.
95 **sublevar:** revoltar-se, amotinar-se.

De *Últimos sonetos* (1905)

Alucinação

Ó solidão do Mar, ó amargor das vagas,
Ondas em convulsões, ondas em rebeldia,
Desespero do Mar, furiosa ventania,
Boca em fel dos tritões engasgada de pragas.

5 Velhas chagas do sol, ensanguentadas chagas,
De ocasos purpurais de atroz melancolia,
Luas tristes, fatais, da atra mudez sombria
De trágica ruína em vastidões pressagas.

Para onde tudo vai, para onde tudo voa,
10 Sumido, confundido, esboroado, à toa,
No caos tremendo e nu dos tempos a rolar?

Que Nirvana genial há de engolir tudo isto —
— Mundos de Inferno e Céu, de Judas e de Cristo,
Luas, chagas do sol e turbilhões do Mar?!

---

4 **fel**: bile e, por extensão, sabor amargo; estado de agastamento, ódio e amargura; **tritões**: segundo a mitologia da Antiguidade clássica, semideuses marinhos que habitavam o fundo dos oceanos.
6 **atroz**: cruel, intolerável, desumano.
7 **atra**: negra, nociva, que traz mau agouro.
8 **pressagas**: que intuem, que pressentem.
12 **Nirvana**: no budismo, extinção total do sofrimento humano por meio da supressão do desejo e do apego à individualidade.
14 **turbilhões**: agitações intensas, vertiginosas.

Vida Obscura

Ninguém sentiu o teu espasmo obscuro,
Ó ser humilde entre os humildes seres.
Embriagado, tonto dos prazeres,
O mundo para ti foi negro e duro.

5   Atravessaste num silêncio escuro
A vida presa a trágicos deveres
E chegaste ao saber de altos saberes
Tornando-te mais simples e mais puro.

Ninguém te viu o sentimento inquieto,
10 Magoado, oculto e aterrador, secreto,
Que o coração te apunhalou no mundo.

Mas eu que sempre te segui os passos
Sei que cruz infernal prendeu-te os braços
E o teu suspiro como foi profundo!

Cogitação*

Ah! mas então tudo será baldado?!
Tudo desfeito e tudo consumido?!
No Ergástulo d'ergástulos perdido
Tanto desejo e sonho soluçado?!

5 Tudo se abismará desesperado,
Do desespero do Viver batido,
Na convulsão de um único Gemido
Nas entranhas da Terra concentrado?!

Nas espirais tremendas dos suspiros
10 A alma congelará nos grandes giros,
Rastejará e rugirá rolando?!

Ou entre estranhas sensações sombrias,
Melancolias e melancolias,
No eixo da alma de Hamlet irá girando?!

---

*   **Cogitação:** reflexão, meditação.
1   **baldado:** inútil.
3   **Ergástulo:** cárcere, prisão; na Roma antiga, lugar em que se confinavam os escravos.
14 **Hamlet:** referência ao personagem da tragédia de mesmo nome, do dramaturgo inglês William Shakespeare (1554-1616); símbolo do homem que tem dúvidas diante da escolha que deve fazer ("Ser ou não ser, eis a questão" é trecho de um dos seus mais célebres monólogos).

Quando Será?!

Quando será que tantas almas duras
Em tudo, já libertas, já lavadas
Nas águas imortais, iluminadas
Do sol do Amor, hão de ficar bem puras?

5   Quando será que as límpidas frescuras
Dos claros rios de ondas estreladas
Dos céus do Bem, hão de deixar clareadas
Almas vis, almas vãs, almas escuras?

Quando será que toda a vasta Esfera,
10 Toda esta constelada e azul Quimera,
Todo este firmamento estranho e mudo,

Tudo que nos abraça e nos esmaga,
Quando será que uma resposta vaga,
Mas tremenda, hão de dar de tudo, tudo?!

---

10   **Quimera:** por extensão, sonho, fantasia, ilusão.
14   **tremenda:** que inspira horror, que faz tremer.

Cárcere das Almas*

Ah! Toda a alma num cárcere anda presa,
Soluçando nas trevas, entre as grades
Do calabouço olhando imensidades,
Mares, estrelas, tardes, natureza.

5 Tudo se veste de uma igual grandeza
Quando a alma entre grilhões as liberdades
Sonha e, sonhando, as imortalidades
Rasga no etéreo Espaço da Pureza.

Ó almas presas, mudas e fechadas
10 Nas prisões colossais e abandonadas,
Da Dor no calabouço, atroz, funéreo!

Nesses silêncios solitários, graves,
Que chaveiro do Céu possui as chaves
Para abrir-vos as portas do Mistério?!

---

* **Cárcere das Almas:** metáfora para o corpo; alusão à filosofia platônica para a qual o corpo aprisiona a alma, assim como a realidade sensível impede o acesso aos mundos ideais, suprassensíveis.
6 **grilhões:** laços, prisões.
11 **atroz:** assombroso, intolerável, desumano; **funéreo:** fúnebre, soturno, que inspira sentimentos tristes.

Perante a Morte

Perante a Morte empalidece e treme,
Treme perante a Morte, empalidece.
Coroa-te de lágrimas, esquece
O Mal cruel que nos abismos geme.

5   Ah! longe o Inferno que flameja e freme,
Longe a Paixão que só no horror floresce...
A alma precisa de silêncio e prece,
Pois na prece e silêncio nada teme.

Silêncio e prece no fatal segredo,
10 Perante o pasmo do sombrio medo
Da morte e os seus aspectos reverentes...

Silêncio para o desespero insano,
O furor gigantesco e sobre-humano,
A dor sinistra de ranger os dentes!

---

5   **flamejar:** chamejar, brilhar intensamente; **fremir:** soar ruidosamente; vibrar.

O Grande Sonho

Sonho profundo, ó Sonho doloroso,
Doloroso e profundo Sentimento!
Vai, vai nas harpas trêmulas do vento
Chorar o teu mistério tenebroso.

Sobe dos astros ao clarão radioso,
Aos leves fluidos do luar nevoento,
Às urnas de cristal do firmamento,
Ó velho Sonho amargo e majestoso!

Sobe às estrelas rútilas e frias,
Brancas e virginais eucaristias
De onde uma luz de eterna paz escorre.

Nessa Amplidão das Amplidões austeras
Chora o Sonho profundo das Esferas,
Que nas azuis Melancolias morre...

---

9 **rútilas**: ofuscantes, resplandecentes.
10 **eucaristias**: hóstias sagradas; as orações mais solenes de um culto; sacramento da transubstanciação do pão e do vinho no corpo e no sangue de Cristo.
12 **austeras**: severas, sérias, sem ornatos.

Condenação Fatal

Ó mundo, que és o exílio dos exílios,
Um monturo de fezes putrefato,
Onde o ser mais gentil, mais timorato
Dos seres vis circula nos concílios;

5 Onde de almas em pálidos idílios
O lânguido perfume mais ingrato
Magoa tudo e é triste como o tato
De um cego embalde levantando os cílios;

Mundo de peste, de sangrenta fúria
10 E de flores leprosas da luxúria,
De flores negras, infernais, medonhas;

Oh! como são sinistramente feios
Teus aspectos de fera, os teus meneios
Pantéricos, ó Mundo, que não sonhas!

---

2 **monturo:** amontoado de lixo, de coisas repugnantes; **putrefato:** podre, apodrecido.
3 **timorato:** que tem temor ou escrúpulos.
4 **concílios:** termo eclesiástico que designa reuniões de dignitários, como bispos, sob as ordens do papa; por extensão, reuniões de figuras ilustres.
5 **idílios:** devaneios; amores ternos; falas amorosas; originalmente, entre os gregos, poema curto; posteriormente, poema de tema bucólico, pastoril.
6 **lânguido:** abatido, doentio, mórbido; voluptuoso.
8 **embalde:** inutilmente.
10 **luxúria:** viço, magnificência; apetite sexual.
13 **meneios:** movimentos do corpo, trejeitos.
14 **pantéricos:** relativos a panteras; em sentido figurado, cruéis.

COMENTÁRIO CRÍTICO

Nos poemas de *Últimos sonetos*, não atuam com tanta visibilidade os procedimentos e as técnicas caracteristicamente simbolistas, como o trabalho na camada sonora das palavras visando à musicalidade. Mas se mantém, sobretudo desde *Faróis*, a poética da negatividade: a força das imagens está em apresentar um mundo (poético) não reconciliado, em meio à luta da subjetividade que busca alcançar os espaços ideais.

Em "Condenação Fatal" é possível constatar a presença (elaborada poeticamente) de elementos da biografia do poeta Cruz e Sousa. Tais elementos ajudam a compreender a produção de poemas que representam o ódio do eu lírico e sua maldição dirigida ao mundo histórico. Tal ódio, porém, fica contido na forma do soneto, limitado por seus 14 versos.

A invocação ao "mundo" organiza a estrutura da composição, com a sequência das imagens que se estendem do verso 1 ao verso 11. Toda a sintaxe do poema, assim, apresenta a enumeração das qualificações desse "mundo", cujo centro significativo está em ele se constituir como degradado, horrendo, estéril, aniquilador. Os únicos elementos que nele florescem são as covardias, os medos, os poderosos (estrofe 1), eliminando qualquer possibilidade de esperança – o gesto do cego é vão (verso 8). Nesse mundo – figurado com a metáfora de "monturo de fezes putrefato" – domina a degradação do Bem, o viço das flores medonhas. A imagem da civilização – com a qual a subjetividade lírica dialoga – torna-se a figuração da barbárie ("os meneios pantéricos").

O sonho – provável símbolo ao anseio do Ideal – não faz parte desse mundo contra o qual a subjetividade lírica se insurge. O eu refugia-se na expressão poética de sua ira e faz da Arte – do poema – o espaço em que o horror se torna artisticamente belo, pela contundência das imagens.

Exortação*

Corpo crivado de sangrentas chagas,
Que atravessas o mundo soluçando,
Que as carnes vais ferindo e vais rasgando
Do fundo d'Ilusões velhas e vagas;

5 Grande isolado das terrestres plagas,
Que vives as Esferas contemplando,
Braços erguidos, olhos no ar, olhando
A etérea chama das Conquistas magas;

Se é de silêncio e sombra passageira,
10 De cinza, desengano e de poeira
Este mundo feroz que te condena,

Embora ansiosamente, amargamente
Revela tudo o que tu'alma sente,
Para ela então poder ficar serena!

---

* **Exortação:** ato de estimular alguém ou induzi-lo a pensar algo.
1 **chagas:** feridas abertas. A sequência das imagens compõe, metaforicamente, a figuração do artista do Ideal que, flagelado pela incompreensão do mundo, associa-se à figura de Cristo martirizado. Assim, o artista seria, na concepção de Cruz e Sousa, o grande mártir da contemporaneidade.
5 **plagas:** regiões, países.

No Seio da Terra

Do pelago dos pelagos sombrios,
Cá do seio da Terra, olhando as vidas,
Escuto o murmurar de almas perdidas,
Como o secreto murmurar dos rios.

5 Trazem-me os ventos negros calafrios
E os soluços das almas doloridas
Que têm sede das terras prometidas
E morrem como abutres erradios.

As ânsias sobem, as tremendas ânsias!
10 Velhices, mocidades e as infâncias
Humanas entre a Dor se despedaçam...

Mas, sobre tantos convulsivos gritos,
Passam horas, espaços, infinitos,
Esferas, gerações, sonhando, passam!

---

1 **pelago:** abismo dos oceanos.
8 **erradios:** que vagam sem rumo, desnorteados.
12 **convulsivos:** convulsos, contraídos, contorcidos.

Aspiração Suprema

Como os cegos e os nus pede um abrigo
A Alma que vive a tiritar de frio.
Lembra um arbusto frágil e sombrio
Que necessita do bom sol amigo.

5 Tem ais de dor de trêmulo mendigo
Oscilante, sonâmbulo, erradio.
É como um tênue, cristalino fio
D'estrelas, como etéreo e louro trigo.

E a alma aspira o celestial orvalho,
10 Aspira o céu, o límpido agasalho,
Sonha, deseja e anseia a luz do Oriente...

Tudo ela inflama de um estranho beijo.
E este Anseio, este Sonho, este Desejo
Enche as Esferas soluçantemente!

---

6   **erradio**: que vaga sem rumo, desnorteado.
11 **luz do Oriente**: referência a uma profecia sobre o advento de Meishu Sama; crença (derivada do budismo) segundo a qual a Era da Noite – em que vive a humanidade – será substituída pela Era do Dia; símbolo da Esperança e da realização da felicidade autêntica, num mundo límpido, cristalino.

Sexta-Feira Santa*

Lua absíntica, verde, feiticeira,
Pasmada como um vício monstruoso...
Um cão estranho fuça na esterqueira,
Uivando para o espaço fabuloso.

5 É esta a negra e santa Sexta-feira!
Cristo está morto, como um vil leproso,
Chagado e frio, na feroz cegueira
Da Morte, o sangue roxo e tenebroso.

A serpente do mal e do pecado
10 Um sinistro veneno esverdeado
Verte do Morto na mudez serena.

Mas da sagrada Redenção do Cristo
Em vez do grande Amor, puro, imprevisto,
Brotam fosforescências de gangrena!

---

* Na liturgia católica, a Sexta-Feira Santa ritualiza a morte de Cristo na cruz, em nome da salvação da humanidade.
1 **absíntica**: relativa ao absinto, erva que produz um líquido esverdeado, o qual provoca alucinações.
3 **esterqueira**: estrumeira, depósito de estrume.
7 **chagado**: coberto de chagas, isto é, feridas abertas, supuradas.

Sentimento Esquisito

Ó céu estéril dos desesperados,
Forma impassível de cristal sidéreo,
Dos cemitérios velho cemitério
Onde dormem os astros delicados.

Pátria d'estrelas dos abandonados,
Casulo azul do anseio vago, aéreo,
Formidável muralha de mistério
Que deixa os corações desconsolados.

Céu imóvel milênios e milênios,
Tu que iluminas a visão dos Gênios
E ergues das almas o sagrado acorde.

Céu estéril, absurdo, céu imoto,
Faz dormir no teu seio o Sonho ignoto,
Esta serpente que alucina e morde...

---

7   **formidável**: arcaísmo que significa assustadora; magnífica, que provoca admiração.
12 **imoto**: imóvel.
13 **ignoto**: desconhecido.

INDICAÇÕES DE LEITURA

ARRIGUCCI JR., Davi. "A noite de Cruz e Sousa". In: *Outros achados e perdidos*. São Paulo: Companhia das Letras, 1999, pp. 165-184. Nesse ensaio, Davi Arrigucci Jr. analisa detidamente o poema "Olhos do Sonho", após retomar a crítica de Roger Bastide, cuja importância, para Arrigucci, está "no esforço [do crítico francês] de compreensão para mostrar a particularidade [...] da poesia de Cruz e Sousa, e na extraordinária transformação que o poeta imprimiu aos temas, ao imaginário, a toda a herança que recebeu de fora". Seguindo a sugestão de Bastide, Arrigucci investiga a poesia da noite e a importância das imagens do "olho" na lírica do poeta catarinense. Destaca a grande força artística de "Olhos do Sonho", em que a realidade visionária, que nasce da visão subjetiva, paradoxalmente torna-se incompreensível para o próprio sujeito: "o poema será [...] a visão de um processo de perda de si mesmo ou de alienação". Mais do que os recursos estilísticos sofisticados e a superação da herança parnasiana, é a problemática da "dissociação paradoxal entre o sujeito e seu objeto", tratada de forma inovadora pela força das imagens dos poemas, que garante o avanço artístico de Cruz e Sousa. Nas palavras do crítico, a arte de Cruz e Sousa antecipa "temas importantes da psicanálise e das vanguardas deste século", como o expressionismo (pelas deformações das imagens) e o surrealismo (nas imagens com raízes no inconsciente).

BASTIDE, Roger. "Quatro estudos sobre Cruz e Sousa". Originalmente publicado em *Poesia afro-brasileira*, 1943. Pode também ser encontrado em Cruz e Sousa (Coletânea da Fortuna Crítica). Org. Afrânio Coutinho. Rio de Janeiro/Brasília: Civilização Brasileira/Instituto Nacional do Livro — MEC, 1979. Importante estudo que trouxe a obra de Cruz e Sousa para uma leitura moderna. O primeiro dos quatro estudos ("A nostalgia do branco") tornou-se o mais polêmico, devido à interpretação das imagens do branco como tentativa do poeta de ultrapassar a barreira social infligida aos negros brasileiros, mesmo depois da Abolição. Mas no segundo ensaio ("A poesia noturna de Cruz e Sousa"), pouco valorizado pela crítica até recentemente, Bastide analisa as imagens noturnas na obra, destacando sua originalidade. No terceiro ensaio, um estudo de literatura comparada ("Cruz e Sousa e Baudelaire") aponta as influências do poeta francês na obra do poeta brasileiro, bem como suas diferenças. No quarto ensaio ("O lugar de Cruz e Sousa no movimento simbolista"), avalia a obra de Cruz e Sousa, atribuindo-lhe uma qualidade artística à altura dos grandes nomes do simbolismo europeu: o poeta francês Stéphane Mallarmé (1842-1898) e o poeta alemão Stefan George (1868-1934).

Bosi, Alfredo. "Sob o signo de Cam". In: *Dialética da colonização*. São Paulo: Companhia das Letras, 1992, pp. 246-272. São investigadas aqui algumas das representações do negro na literatura brasileira do Segundo Império. O crítico se detém na interpretação do poema "Vozes d'África", de Castro Alves, em que as imagens da América e da África se opõem, como figurações do opressor e do oprimido. Nessas imagens se reatualiza "a ideia da rejeição universal da gente negra, [...] numa perspectiva mítica e trágica" que se vale da narrativa do Velho Testamento, na qual o continente africano é condenado ao sofrimento pela maldição a Cam. Mesmo ideologicamente contraditórios — lutando contra o regime escravocrata, valem-se da mítica condenação aos negros —, os poemas de Castro Alves contribuíram para a aceleração da campanha abolicionista. Em outra parte do ensaio, "O exílio na pele", Alfredo Bosi contrapõe à lírica abolicionista de Castro Alves a situação social e a produção artística de dois artistas negros, Cruz e Sousa e Lima Barreto. Do primeiro, ele analisa o importante poema em prosa "Emparedado", que finaliza o livro *Evocações*. Para Alfredo Bosi, na imagem do poeta que está emparedado e que ouve a maldição "— Tu és dos de Cam, maldito, réprobo, anatemizado!", Cruz e Sousa formulava a situação do artista negro no quadro das teorias deterministas de sua época, que relegavam o negro a uma situação de inferioridade. Mas, ao fazê-lo, também as ataca, com "rara lucidez contraideológica", forjando um ideário que "em nada condizia com a visão oficial e amena da República nascente".

Coutinho, Afrânio (Org.). *Cruz e Sousa*. Rio de Janeiro/Brasília: Civilização Brasileira/Instituto Nacional do Livro — MEC, 1979. Nessa coletânea de ensaios, podem-se ler textos sobre a vida do autor — alguns dos quais escritos por Nestor Vítor, que com ele conviveu —, estudos de caráter geral e abordagens específicas. Além dos ensaios de Bastide, já comentados, merecem destaque os "Três estudos sobre Cruz e Sousa" (1960), de Massaud Moisés, que polemiza com o primeiro dos ensaios do crítico francês e afirma que a obsessão pelas "imagens do branco", na poesia de Cruz e Sousa, não se constitui como "meio de contrabalançar o peso da cor [do poeta]", mas sim como lugar-comum na estética simbolista, para a qual, na imagem do branco, o signo cromático aludia a realidades apenas intuídas, transcendentes, como símbolo do inefável e da luta por representá-lo verbalmente. Também há um pequeno texto de Manuel Bandeira, de 1961, em que o poeta modernista relembra alguns versos do poeta catarinense, bem como suas considerações sobre ele em *Apresentação da poesia brasileira*. Podem-se conhecer, ainda, os epítetos atribuídos a Cruz e Sousa ("Cisne negro", "Laocoonte negro", "O poeta negro"), com que a crítica elevava o poeta à condição de grande artista, sempre mencionando, porém, a cor de sua pele. Em outros ensaios, tenta-se revelar como a origem africana do poeta pode ser apreendida em sua poesia (é o caso de "Vestígio da concordância bantu no estilo de Cruz e Sousa", de Joaquim Ribeiro, cujos equívocos apenas revelam componentes reprimidos na crítica ao poeta).

MAGALHÃES Jr., Raimundo. *Poesia e vida de Cruz e Sousa*. São Paulo: Editora das Américas, 1961. Desde a primeira edição até a atual, Magalhães Júnior modificou vários trechos de seu livro. Isso porque constatou que certos fatos, tidos como verdadeiros, constituíam verdadeiras lendas criadas à volta do poeta, cuja significação envolvia sempre a construção de uma imagem que valorizasse a inteligência do negro. Nessa obra, em todas as suas variantes, são relatadas as vicissitudes da vida de Cruz e Sousa, bem como o ambiente cultural de seu momento, as recusas sofridas por sua obra e a tenacidade do poeta, que não apenas continuou sua produção poética mas transformou-a profundamente, do que resultou a obra original que ainda mantém sua atualidade.

MURICY, Andrade. "Atualidade de Cruz e Sousa". In: Cruz e Sousa, João da. *Obra completa*. Org. Andrade Muricy. Rio de Janeiro: Aguilar, 1961, pp. 17-58. O importante pesquisador do simbolismo no Brasil apresenta a obra de Cruz e Sousa nessa que é a primeira edição a resgatar a produção dispersa do poeta. O trabalho é relevante também porque documenta o processo de formação do autor, tornando públicos os versos abolicionistas que estavam registrados apenas em jornais (provincianos) de época e, assim, contrariando a tese de que Cruz e Sousa estava alheio aos dramas dos escravos.

RESUMO BIOGRÁFICO

1861 Nasce em 24 de novembro, na cidade de Nossa Senhora do Desterro (atual Florianópolis), na província (hoje estado) de Santa Catarina. Filho de Guilherme, escravo, e de Carolina Eva da Conceição, alforriada à época do nascimento deste filho. Recebe o nome do santo do dia, o poeta e místico João da Cruz. É batizado (o que corresponde ao atual registro civil) em 24 de março de 1862.

1865/1869 Vive próximo do casal Guilherme Xavier de Sousa e Clarinda Fagundes de Sousa — proprietários sob cujas ordens viviam seus pais. Aos 4 anos, inicia a aprendizagem da leitura e da escrita com dona Clarinda. Em 1869, entra para a escola do irmão de Clarinda e começa a recitar seus versos em salões e teatros locais.

1870 Morre o marechal Xavier de Sousa, que deixa pequeno pecúlio a Guilherme, Carolina Eva e João.

1871/1875 Estuda no Ateneu Provincial Catarinense, tendo acesso à formação cultural da elite. Amplia suas relações sociais, tornando-se aluno, à época dos estudos, do pai de Oscar Rosas, seu grande amigo mais tarde. A essa época é que se refere à criação (posterior) da inverídica informação de que Fritz Müller — emérito cientista alemão que realizava pesquisas no Brasil — mencionara João da Cruz como exemplo de inteligência e talento em um negro.

1877 Emprega-se como caixeiro e dá aulas particulares. Paralelamente, começa a impor-se no cenário da região, publicando versos nos jornais da província.

1881 Com Virgílio Várzea e Santos Lostada, funda o jornal *Colombo*, cujo primeiro número é dedicado ao poeta Castro Alves (por ocasião dos dez anos de sua morte).

1881/1883 Emprega-se como "ponto" na Companhia Dramática Julieta dos Santos e viaja por todo o Brasil. Publica em jornais e anuncia a edição próxima de quatro livros de versos. Conhece a obra de Guerra Junqueiro e de Antero de Quental, poetas portugueses que defendem uma poesia realista e de temática social, conhecida como "Ideia Nova", à qual adere. É dessa época também seu primeiro contato com as obras de Charles Baudelaire (*Spleen de Paris* e *As flores do mal*) e do parnasiano francês Leconte de Lisle.

1882 Redige a *Tribuna Popular*, em que trava luta em defesa do realismo.

1884 Tendo-se aproximado do presidente da província, Gama Rosa, no ano anterior, Cruz e Sousa teria sido nomeado promotor em Laguna, cargo que não pudera aceitar, segundo o lendário posterior, devido a preconceitos contra o negro.

1885 Publica, em coautoria com Virgílio Várzea, a obra *Tropos e fantasias*, coletânea de pequenos textos narrativos, com "cromos" (descrições da paisagem natural) e polêmicas antiescravistas. No mesmo ano assume a direção do jornal *O Moleque*, onde reproduz os comentários de Araripe Jr. — importante crítico do Rio de Janeiro — a seu livro de estreia.

1886/1887 As tensões raciais contra o poeta, considerado "homem extravagante" pelos setores mais conservadores da elite de Santa Catarina, levam-no a buscar saídas profissionais fora da província. Viaja pela Província do Rio Grande do Sul. Recebe o convite de Oscar Rosas para ir ao Rio de Janeiro.

1888 Primeira estada no Rio de Janeiro, porém sem perspectivas de inserção profissional na Corte, já que para lá se dirigiam muitos intelectuais das províncias em busca de notabilidade. Amplia seu circuito de amizades, aproximando-se de intelectuais relativamente conhecidos à época, como Luís Delfino, seu conterrâneo, Bernardino Lopes e Nestor Vítor, que se tornaria grande amigo e editor de suas obras. Lê autores franceses como Huysmans, autor de *Às avessas*, e Villiers de L'Isle Adam, autor de *Axel* — que se firmavam como autores simbolistas —, e detém-se na obra de Edgar Allan Poe, importante poeta e prosador norte-americano que havia sido traduzido para o francês por Charles Baudelaire.

1889 Como não obtém colocação profissional, retorna a Desterro, onde realiza leituras dos autores franceses contemporâneos, como Flaubert, Maupassant, os irmãos Goncourt, Théophile Gautier, e também do simbolista português Cesário Verde. Envia poemas seus para edição em *Novidades*, jornal do Rio de Janeiro.

1890 Ida definitiva ao Rio de Janeiro, onde tenta carreira jornalística, inicialmente no jornal *A Cidade do Rio*, de José do Patrocínio, que não lhe paga os salários, e depois em *Gazeta de Notícias*, de Ferreira de Araújo, de onde é despedido. Continua a publicar versos em órgãos da imprensa e começa a se tornar conhecido pelo vocabulário inusitado.

1891 Morre Carolina Eva da Conceição, mãe de Cruz e Sousa, que surge representada em vários poemas em prosa e poemas como imagem da dor e do sofrimento negros. Publica "Arte", na *Folha Popular* — poema que já anuncia a poética simbolista. Os poetas Bernardino Lopes, Emiliano Perneta, Oscar Rosas, Gonzaga Duque, Saturnino Meireles e outros reúnem-se com Cruz e Sousa. Tornam-se conhecidos como "Grupo dos Novos", que antagonizava com os parnasianos, já então em evidência no cenário literário. Planejam editar a *Revista dos Novos*, para fazer frente à hegemonia parnasiana nos órgãos da imprensa; tal projeto — de que Cruz e Sousa nunca desistiu — jamais se realizou, dadas as dificuldades materiais do grupo.

1892   Conhece Gavita Rosa Gonçalves, negra.

1893   Em fevereiro, publica *Missal*, de poemas em prosa. Em agosto, publica *Broquéis*. Ambos sofrem severas restrições da crítica e são alvo de paródias e ridicularizações. Em novembro, casa-se com Gavita. Consegue o emprego de praticante de arquivista na Central do Brasil.

1894   Nomeado arquivista, tem pequeno acréscimo de salário. Continua a escrever e a tentar publicações em periódicos. Nasce Raul, o primeiro filho do casal.

1895   Já conhecido como poeta simbolista, Cruz e Sousa recebe a visita do poeta mineiro, também simbolista, Alphonsus de Guimaraens. Nasce Guilherme, segundo filho do casal.

1896   Em março, Gavita tem crises psicóticas e é internada. Cruz e Sousa retira-a do hospital e passa a cuidar dela em casa. Em agosto, morre Mestre Guilherme, pai de Cruz e Sousa, e o poeta não dispõe de meios financeiros para ir até Desterro. Continuam as discussões literárias com o Grupo dos Novos.

1897   *Evocações*, livro de poemas em prosa, dos quais o mais célebre é "Emparedado", está pronto para publicação. Nasce Rinaldo, o terceiro filho do casal. Agravam-se os problemas de saúde de Cruz e Sousa — a tuberculose, latente até então, manifesta-se com violência. Aumentam as dificuldades materiais da família, até mesmo para obter alimentação para os filhos. Funda-se a Academia Brasileira de Letras — e o nome de Cruz e Sousa nem sequer é cogitado para ser incluído entre seus membros.

1898 A imprensa noticia o grave estado de saúde de Cruz e Sousa, conseguindo subscrições para que o poeta possa tratar-se. Viaja, então, a Sítio, em Minas Gerais, mas morre três dias depois de sua chegada, em 19 de março. Seu corpo é trazido de volta ao Rio de Janeiro em um vagão de animais. É enterrado com pompa, paga pelas subscrições. Nestor Vítor fala em homenagem ao poeta. Nasce o quarto filho do casal, João da Cruz e Sousa Júnior. *Evocações* é editado por Saturnino Meireles. A crítica começa a reavaliar a obra de Cruz e Sousa e, graças às insistências de Nestor Vítor, Sílvio Romero, importante intelectual e crítico, convence-se da importância do poeta e escreve sobre ele.

1899 Nestor Vítor edita *Cruz e Sousa*, em que comenta vida e obra do amigo, elogiando a beleza de seus versos.

1900 Sílvio Romero publica, no *Livro do Centenário*, seu elogio ao poeta Cruz e Sousa. O livro de poemas *Faróis* é editado, graças aos esforços de Nestor Vítor.

1901 Morre Gavita, de tuberculose pulmonar. Dos quatro filhos do casal, dois já haviam morrido pouco antes; outro morre logo após a mãe. Sobrevive João da Cruz e Sousa Júnior, que morre de tuberculose em 1915 e cujo filho, Silvio Cruz e Sousa, deixou grande descendência.

1905 *Últimos sonetos* é editado, em Paris, por Nestor Vítor.

1923 Primeira edição, organizada por Nestor Vítor, das *Obras completas* de Cruz e Sousa, em comemoração aos 25 anos de sua morte.

1952 Publicação de *Panorama do movimento simbolista brasileiro*, de Andrade Muricy, importante documento sobre o simbolismo brasileiro e que apresenta amplo material sobre o poeta Cruz e Sousa.

1961 Em comemoração ao centenário de nascimento de Cruz e Sousa, publicação da *Obra completa* (Rio de Janeiro: Aguilar), organizada por Andrade Muricy. Além dos livros anteriormente editados, incluem-se textos inéditos, sob a rubrica *O livro derradeiro* (com os poemas de *Cambiantes, Outros sonetos, Campesinas* e *Dispersas*) e, nos poemas em prosa, *Outras evocações* e *Dispersos* (extraídos da publicação de jornais da província ou da Corte).

1995 Nova edição de *Obra completa* (Rio de Janeiro: Aguilar) organizada por Andrade Muricy em 1961, com atualização e notas de Alexei Bueno. Inclusão de parte da correspondência do poeta e de um conjunto de narrativas de Cruz e Sousa, editadas em Florianópolis por Iaponan Soares, sob o título *Histórias simples*.

BOM LIVRO NA INTERNET

Ao lado da tradição de quem publica clássicos desde os anos 1970, a Bom Livro aposta na inovação. Aproveitando o conhecimento na elaboração de suplementos de leitura da Editora Ática, a série ganha um suplemento voltado às necessidades dos estudantes do ensino médio e daqueles que se preparam para o exame vestibular. E o melhor: que pode ser consultado pela internet, tem a biografia do autor e traz a seção "O essencial da obra", que aborda temas importantes relacionados à obra.

Acesse **www.atica.com.br/bomlivro** e conheça o suplemento concebido para simular uma prova de vestibular: os exercícios propostos apresentam o mesmo nível de complexidade dos exames das principais instituições universitárias brasileiras.

Na série Bom Livro, tradição e inovação andam juntas: o que é bom pode se tornar ainda melhor.

Créditos das imagens

Legenda

a no alto; **b** abaixo; **c** no centro; **d** à direita; **e** à esquerda

capa: *Aparelho cinecromático 2SE - 18*, obra de Abraham Palatnik; **10c:** © Fonte: *Últimos sonetos*. Primeira edição: Paris: Aillaud, 1905; **13a:** © Fonte: Luis Carlos, Lasinha. *A Colombo na vida do Rio*. Rio de Janeiro: Gráfica Olímpica, 1970; **15c:** © Fonte: Lima, Herman. *História da caricatura no Brasil*. Rio de Janeiro: José Olympio, 1963, v. 2, p. 492; **18b:** © Fonte: acervo Ivan Teixeira; **19c:** © Faculdade Nacional de Arquitetura, Rio de Janeiro; **24c:** © www.almacarioca.com.br; **28a, 32e, 34b e 38e:** © Fonte: acervo Ivan Teixeira; **quarta capa:** Edilaine Cunha.

OBRA DA CAPA

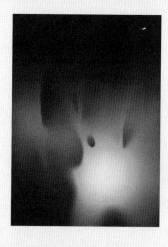

ABRAHAM PALATNIK
(Natal, RN, 1928)
Aparelho cinecromático 2SE - 18, 1955/2004
Madeira, metal, tecido sintético, lâmpadas e motor, 80 x 60 x 19 cm

A tecnologia — base da obra de Palatnik — é uma resposta à evolução humana, que decorre do desenvolvimento dos mecanismos condicionantes de nossa percepção do mundo e de nossa interação com ele.
A máquina cinecromática de Palatnik constrói uma mediação tecnológica entre o observador e o espaço. Ela não traduz fielmente a realidade, mas a representa por uma combinação simbólica de figuras, formas e sensações. As imagens, que mudam a cada instante, são fugazes e inapreensíveis, como a transcendente poesia de Cruz e Sousa. Os jogos de luzes se movem e se transformam, e suas cores despertam sentimentos subjetivos que, no conjunto, traduzem o universal, o indizível e o intangível.

ABRAHAM PALATNIK nasceu em 1928 em Natal (RN). É considerado um dos precursores da arte cinética. Viveu a infância em Telavive, em Israel, onde se especializou em motores de explosão e iniciou os estudos de pintura, desenho, história da arte e estética. Em 1948, voltou ao Brasil. Seu *Aparelho cinecromático*, exposto na 1ª Bienal Internacional de São Paulo, em 1951, recebeu menção honrosa do júri internacional. Entre 1953 e 1955, participou do grupo Frente e na década seguinte começou a produzir máquinas artísticas.

Este livro foi composto nas fontes
Interstate, projetada por Tobias Frere-
-Jones em 1993, e Joanna, projetada
por Eric Gill em 1930, e impresso
sobre papel pólen soft 70 g/m²